サバイバー!!⑨

挑《いど》め！　限界《げんかい》雪《ゆき》山《やま》ミッション

あさばみゆき・作
葛西《かさい》尚《なお》・絵

角川つばさ文庫

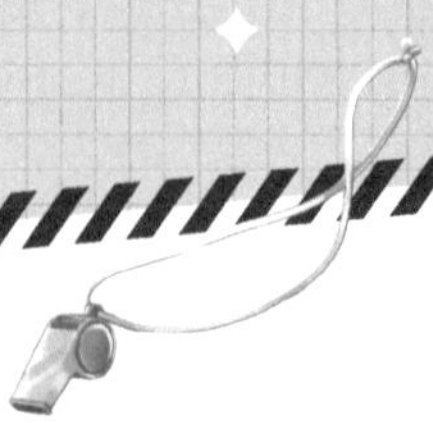

目次《もくじ》

人《じん》物《ぶつ》紹《しょう》介《かい》

双《ふた》葉《ば》マメ

小《しょう》5。夢《ゆめ》をかなえるため、
5年《ねん》S《エス》組《ぐみ》にはいった。

風《かざ》見《み》涼《りょう》馬《ま》

小《しょう》5。5年《ねん》S《エス》組《ぐみ》のトップ。
マメにだけなぜかキビしい。

双《ふた》葉《ば》ノドカ

2コ上《うえ》の、マメの「兄《にい》ちゃん」。
すごく優秀《ゆうしゅう》で、やさしい。

月《つき》城《しろ》七《なな》海《み》

小《しょう》6。副《ふく》リーダーで、
天才《てんさい》なセンパイ。

伊《い》地《じ》知《ち》楽《がく》

小《しょう》6。総《そう》リーダーのセンパイ。
いちばんすごい成績《せいせき》。

空《そら》知《ち》うてな

小《しょう》5。小《しょう》4から
仲《なか》良《よ》しの、マメの親友《しんゆう》。

《N校《エヌこう》》

黒崎彩羽《くろさきあやは》

小《しょう》6。ミステリアスなアタッカー。

正木《まさき》ナオト

小《しょう》6。気《き》くばり上手《じょうず》のやさしいセンパイ。

五十嵐千早希《いがらしちさき》

小《しょう》6。さっそうとしたすてきなセンパイ。

《地下組織《ちかそしき》》

栗宮《くりみや》

裏《うら》プロの元代表《もとだいひょう》。地下組織《ちかそしき》に逃《に》げた。

Q.サバイバーって？

A.どんな災害《さいがい》の現場《げんば》でも、かならず生《い》きて還《かえ》る、救助《きゅうじょ》のプロ！みんなのあこがれのお仕事《しごと》だよ。なるためには養成《ようせい》クラスで訓練《くんれん》をがんばろう！

《これまでのおはなし》

あたし、マメ！　特命生還士《とくめいせいかんし》、通称《つうしょう》「サバイバー」をめざす小《しょう》５！
超《ちょう》ハードなＳ組《エスぐみ》にはいって、エースの涼馬《りょうま》くんに追《お》いつくためがんばる毎日《まいにち》。
ようやくノドカ兄《にい》を奪還《だっかん》できたのに、肝心《かんじん》の涼馬《りょうま》くんは栗宮代表《くりみやだいひょう》ひきいる地下組織《ちかそしき》に連《つ》れ去《さ》られて生死不明《せいしふめい》。
そんななか、七海《ななみ》さんが手《て》がかりをつかんできてくれて――？

サバイバルの五か条《じょう》

サ：最初《さいしょ》に、そして常《つね》に心《こころ》をしずめろ
バ：場所《ばしょ》と状況《じょうきょう》を確《たし》かめろ
イ：命《いのち》を大切《たいせつ》にせよ
バ：場《ば》にあるモノを工夫《くふう》して使《つか》え
ル：ルールを守《まも》れ。しかし臨機応変《りんきおうへん》に

1 あたしたちの〝いつも〟の日々《ひび》

ぐる～っとグラウンドをめぐる障害物《しょうがいぶつ》コースの、ゴールに立《た》ちはだかるハイウォール。

あたし――双葉《ふたば》マメは、脚《あし》をふり上《あ》げ、全速力《ぜんそくりょく》で突進《とっしん》する。

さぁ、行《い》くぞっ。

「3、2、1ッ！」

マットをふみしめて垂直《すいちょく》ジャンプ！

そのまま壁《かべ》をけり、駆《か》け上《あ》がる。

ガッ。

よし、てっぺんをつかんだっ。

「やった！」

「ゴールへようこそ。**しおれ雑草《ざっそう》**」

壁《かべ》の頂上《ちょうじょう》に立《た》ちはだかってた五年《ねん》リーダー代理《だいり》が、スッとしゃがんだ。

そしてあたしが壁《かべ》へかけた手《て》に、手《て》を重《かさ》ねてくる。

「タイムがおそいっ！　もういっぺん生《は》えなおしてらっしゃいまし！」

「そんなぁぁぁ〜〜〜っ」

腕《うで》をはずされて、あたしは頂上《ちょうじょう》から真《ま》っ逆《さか》さま。

地面《じめん》のマットに、どさっと背中《せなか》から落《お》っこちる。

「そこの**ダルダル猫《ねこ》**も、いつまでも丸《まる》まってないで、上《あ》がってらっしゃいましっ」

「ふぇ〜い」

ひっくり返《かえ》ってたうてなは、起《お》きようとする——も、またフニャアッとたおれた。

その横《よこ》で、助走《じょそう》してきた唯《ゆい》ちゃんがふみ切《き》り、軽《かろ》やかにてっぺんにたどりつく。

「す、すごいっ」

唯《ゆい》ちゃん、ますますアタッカーの能力《のうりょく》に磨《みが》きがかかってる。

コースを回《まわ》るたびにタイムを縮《ちぢ》めてきてるよっ。

「あと一秒《びょう》で追《お》いつくからね、リリコ！」

「おバカさんもたいがいになさいませ。ここからの一秒《びょう》が長《なが》いんですのよ」

唯《ゆい》ちゃんとリリコちゃんは、ハイウォールの上《うえ》でにらみあう。

午後訓練《ごごくんれん》でもさんざんトレーニングしたのに、さらに放課後《ほうかご》は居《い》のこり訓練《くんれん》。

五年《ねん》も六年《ねん》も、毎日《まいにち》いつの間《ま》にか全員《ぜんいん》そろって、訓練《くんれん》にはげんでる。

「楽《がく》、すごいじゃない。もう九割《わり》は筋力《きんりょく》がもどってるんじゃない？」

「九割《わり》じゃなぁ。また涼馬《りょうま》に、『攻《こう》』の成績《せいせき》をぬかれるでしょ」

楽《がく》さんも、千早希《ちさき》さんと筋《きん》トレしながら、背中《せなか》の治《なお》りをチェックしてるところだ。

彼《かれ》はこよみちゃんのために、危険《きけん》なサバイバーをめざすのはやめる……はずだったんだけど。

「分裂体《ぶんれつたい》さわぎが落《お》ちつくまでは」って言《い》ってたのが、涼馬《りょうま》くんのことでのびのびになっちゃって、今《いま》もまだ総《そう》リーダーを続《つづ》けてくれてる。

「楽《がく》って見《み》かけはユルいのに、なんだかんだ、負《ま》けずぎらいよね」

「そりゃあS組《エスぐみ》ですから？」

笑《わら》いあうセンパイたちをながめながら、わたしはひざに力《ちから》を入《い》れて立《た》ち上《あ》がる。

「よしっ、**ラストもう一周《しゅう》！**」

と気合《きあ》いを新《あら》たにしたところで、楽《がく》さんが手《て》をあげた。

「そろそろ下校時間《げこうじかん》だね。今日《きょう》はここまでにしようか」

「了解《ラジャー》～ッ」

みんながいっせいに声《こえ》を返《かえ》す。

「あれ、終《お》わっちゃった」

気合《きあ》いの肩《かた》すかしに、あたしはずっこける。

リリコちゃんは「まだまだシゴきたりないのに」って顔《かお》で、ハイウォールから飛《と》びおりてきた。

「タイムがドベから十位《い》の**弱《よわ》き者《もの》たち**は、さくさくお片《かた》づけあそばせっ」

「了解《ラジャー》ァァ〜〜……」

タイム表《ひょう》をチェックするまでもなく、あたしは十位《い》に入《はい》ってる。

しおれきった十人《にん》はのそのそ起《お》きあがり、のそのそマットを持《も》ちあげる。

「ほら、とっとと片《かた》づけに行《い》くぞ！」って声《こえ》が聞《き》こえた気《き》がして、首《くび》をめぐらせた。

……でも、声《こえ》の主《ぬし》はいない。**気《き》のせいだ。**

「くそぉ〜っ。アタッカーリーダー代理《だいり》の千早希《ちさき》さんは優《やさ》しいけどさぁ、結局《けっきょく》、ボクら五年《ねん》をしごくのはリリコだもんなぁ」

「ほんとぉ。リリコちゃん、ずーっと気合《きあ》い入《はい》ってるよねぇ」

体育倉庫《たいいくそうこ》のスチールとびらは、真冬《まふゆ》の空気《くうき》で氷《こおり》みたいに冷《つめ》たくなってる。

重《おも》たいとびらを閉《し》めてカギをかけて、みんなで白《しろ》い息《いき》をはく。

「あれっ、もう訓練終《くんれんお》わっちゃった？」

「待《ま》って、まだ帰《かえ》んないで～！」

校舎《こうしゃ》のほうから、ナオトさんと健太郎《けんたろう》くんが駆《か》けてくる。

さっき足首《あしくび》をひねったコがいて、要救助者《ようきゅうじょしゃ》の運《うん》ぱん練習《れんしゅう》ついでに、二人《ふたり》で運《はこ》んでいったんだ。

ナオトさんがニ～ッと笑《わら》い、大《おお》きなビニールぶくろをかかげてみせる。

「先生《せんせい》から差《さ》しいれだよー！」

「差《さ》しいれっ!?」

あたしもだけど、みんなも急《きゅう》に元気《げんき》になって、地《じ》べたから起《お》きあがった。

うてなが爆速《ばくそく》で駆《か》けより、中《なか》をのぞきこむ。

「おしるこ缶《かん》だぞぉ～っ！」

みんなでバンザイ三唱《さんしょう》だ。

「それじゃ、一缶《かん》ずつもらったら解散《かいさん》ね。おつかれさまでしたー。バイバーイ」

「おつかれさまでしたーっ」

楽《がく》さんに頭《あたま》を下《さ》げたあと、みんなでおしるこに群《むら》がる。

「あ～っ、やっぱ疲《つか》れたときは、糖分《とうぶん》だよな～」

「うてなは疲《つか》れてなくても、いつもなんか食《た》べてるじゃん」

こづきあううてなと唯《ゆい》ちゃんに、みんなで笑《わら》う。

だけど——、

この平和《へいわ》な景色《けしき》のなかに、**「風見涼馬《かざみりょうま》」だけがいない。**


「そういやマメちゃん、また土曜日《どようび》、ノドカさんのおみまい行《い》くのか？」

ボウッとしてたあたしを、うてながのぞきこんできた。

「うん、もちろん」

「ボクも今度《こんど》、いっしょに行《い》っていい？」

「わっ、ありがと！　兄《にい》ちゃんはまだ眠《ねむ》ったままだけど、家族《かぞく》が喜《よろこ》ぶよっ」

ノドカ兄《にい》は今《いま》、安全《あんぜん》な**人工島《じんこうとう》**で保護《ほご》してもらってる。

七海《ななみ》さんたち、分裂体《ぶんれつたい》の**「新《しん》」研究《けんきゅう》チーム**の人《ひと》たちが、一日《にち》一回《かい》、彼《かれ》のようすをビデオ通信《つうしん》でのぞかせてくれるし、いつでもおみまいオーケー。

兄《にい》ちゃんを**「被験者《ひけんしゃ》」**として誘《ゆう》かいしてた**裏《うら》プロジェクト**は、栗宮代表《くりみやだいひょう》と研究者《けんきゅうしゃ》トップの高梨《たかなし》さんがいなくなって、実質《じっしつ》、**解体《かいたい》した。**

新《しん》チームの研究《けんきゅう》が進《すす》んで、合体《がったい》してる「鷹《たか》」をどうにかできれば、ノドカ兄《にい》はもう安心《あんしん》だ。

「リョーマも、ノドカさんに会《あ》いたいだろな」

「うん。早《はや》く会《あ》わせたいな。兄《にい》ちゃんね、体調《たいちょう》も安定《あんてい》してて、**いつ目《め》がさめてもおかしくないって。**涼馬《りょうま》くん、喜《よろこ》ぶよね」

彼《かれ》のいない毎日《まいにち》に慣《な》れたくなくて、あたしたちはしょっちゅう、涼馬《りょうま》くんの名前《なまえ》を出《だ》す。

そしてそのたび、胸《むね》の生々《なまなま》しい穴《あな》を、ツメで引《ひ》っかいてるような気持《きも》ちになる。


——十月最後《がつさいご》の日《ひ》。

裏《うら》プロとの話《はな》し合《あ》いは決裂《けつれつ》したけれど、あたしたちはノドカ兄《にい》を取《と》りもどせた。

でも、まるで引《ひ》きかえみたいに、……**大事《だいじ》な仲間《なかま》をうばわれた。**

あたしたちのリーダー、**風見涼馬《かざみりょうま》。**

ホテルの駐車場《ちゅうしゃじょう》で天井《てんじょう》が落《お》っこちてきたとき、あたしとノドカ兄《にい》が、真下《ました》にいて。

巻《ま》きこまれて死《し》ぬところだったのを、巨大《きょだい》な「黒《くろ》い鷹《たか》」がかばってくれた。

……そして、天井《てんじょう》のガレキの直撃《ちょくげき》を受《う》けた鷹《たか》は、かき消《き》えた。

あれは涼馬《りょうま》くんが生《う》んだ、**分裂体《ぶんれつたい》**だったんだと思《おも》う。

きっと「あたしたちが死《し》ぬかも」っていう心《こころ》のピンチが、分裂体《ぶんれつたい》を作《つく》っちゃったんだ。

しかも涼馬《りょうま》くんは分裂体《ぶんれつたい》とリンクしたままだったから、鷹《たか》のダメージを丸《まる》ごと食《く》らって。

そのせいで……**心臓《しんぞう》も呼吸《こきゅう》も、止《と》まっちゃった**……。

そしたら栗宮代表《くりみやだいひょう》が、涼馬《りょうま》くんの蘇生《そせい》をしてあげるって言《い》いだしたんだ。

ただし、高梨《たかなし》さんが自分《じぶん》についてくるのを条件《じょうけん》に。

彼女《かのじょ》が二人《ふたり》を連《つ》れさった後《あと》、カッさんたちが、行《い》き先《さき》のはずのY地区《ワイちく》研究所《けんきゅうじょ》に突入《とつにゅう》してくれた。


でも、いなかったんだ。


涼馬《りょうま》くんも、栗宮代表《くりみやだいひょう》も高梨《たかなし》さんも、だれもいなかった。

栗宮代表《くりみやだいひょう》の「Y地区研究所《ワイちくけんきゅうじょ》に連《つ》れていく」って言葉《ことば》すら、ウソだったみたい。

それから彼《かれ》らがどこへ行《い》ったのか、……今《いま》も、わからないまま。

残《のこ》された裏《うら》プロの研究員《けんきゅういん》さんも、ほとんどの人《ひと》が栗宮代表《くりみやだいひょう》を追《お》いかけて、姿《すがた》を消《け》しちゃってたんだ。

高梨《たかなし》さんが栗宮代表《くりみやだいひょう》についていったのは、涼馬《りょうま》くんの命《いのち》を守《まも》るために、しかたなくだ。

その彼《かれ》がもどってこないなら、涼馬《りょうま》くんはまだ、彼《かれ》が「逃《に》げだせない理由《りゆう》」になってるはずだよね。

中央基地《ちゅうおうきち》の人《ひと》たちは、今《いま》も涼馬《りょうま》くんを必死《ひっし》にさがしてくれてる。

あたしは、あたしたちは、信《しん》じてるよ。

涼馬《りょうま》くんがちゃんと生《い》きてて、また会《あ》える日《ひ》が来《く》るって。

だから彼《かれ》が発見《はっけん》されたとき、少《すこ》しでも役《やく》に立《た》てるように、全員《ぜんいん》でさらに訓練《くんれん》を重《かさ》ねてる。

……けど、**三ケ月半《かげつはん》**も知《し》らせがないのって、やっぱり、しんどい。

あたしたちS《エス》組生徒《ぐみせいと》にできるのは、ひたすら基地《きち》からの連絡《れんらく》を待《ま》つことだけ。

涼馬《りょうま》くんのいない一日《にち》一日《にち》が、ものすごく長《なが》く感《かん》じる。

カッさんから連絡《れんらく》が入《はい》ってないかって、しょっちゅうタブレットをチェックしちゃう。

国《くに》のエラい人《ひと》たちが栗宮代表《くりみやだいひょう》に力《ちから》を貸《か》してるから、こんなに見《み》つからないんだよね。

警察《けいさつ》も頼《たよ》りにならないって、楽《がく》さんたちが言《い》ってたし……。

「もう真冬《まふゆ》だよ。約束《やくそく》してた冬休《ふゆやす》みの遊園地《ゆうえんち》、行《い》けなかった」

あたしはだれにも届《とど》かない、小《ちい》さな声《こえ》でつぶやく。

五年生《ねんせい》でいられる時間《じかん》だって、残《のこ》り一ヶ月《かげつ》しかない。
あたしは、あの日《ひ》もっとなにかできることがあったかもって、百万回後悔《ひゃくまんかいこうかい》してる。
だけど、何度頭《なんどあたま》の中《なか》であの日《ひ》をやり直《なお》しても、涼馬《りょうま》くんがいない現実《げんじつ》は変《か》わらない。
彼《かれ》は心臓《しんぞう》が止《と》まる直前《ちょくぜん》、ノドカ兄《にい》にピンクのホイッスルを渡《わた》した。
兄《にい》ちゃんがゆくえ不明《ふめい》になったときに落《お》としたのを、ずっとあずかっててくれたんだ。
涼馬《りょうま》くんはそれを、ちゃんと、ほんとに、本人《ほんにん》に返《かえ》してくれた。
心停止《しんていし》する直前《ちょくぜん》の、優《やさ》しい笑顔《えがお》が頭《あたま》に焼《や》きついて離《はな》れない。
やりとげた顔《かお》をしてた。でもさ。
みるみる冷《ひ》えていくおしるこの缶《かん》を、ギュッと両手《りょうて》でにぎりしめる。
彼《かれ》だけがいないグラウンドで、みんなのさびしい笑《わら》い顔《がお》が夕陽《ゆうひ》に照《て》らされてる。
あたしはノドの奥《おく》がつまったように苦《くる》しくなる。
みんな、がんばってふつうに過《す》ごそうとしている。
だけど本当《ほんとう》はだれもふつうにできてない。
あたしだって、ぜんぜんダメだ……っ。
涼馬《りょうま》くん！　あたしが望《のぞ》んでた「未来《みらい》」は、こんなのじゃない！

あたしは涼馬《りょうま》くんとバディになって、ノドカ兄《にい》がいるチームで、S組《エスぐみ》の仲間《なかま》たちと活《かつ》やくする未《み》来《らい》にたどり着《つ》きたかった。

涼馬《りょうま》くんも、絶対《ぜったい》に、そこにいなきゃダメなのに……っ！

「マメちゃん、おしるこ飲《の》まないのか？」

うてなに顔《かお》をのぞきこまれ、ドキッと心臓《しんぞう》がハネた。

「飲《の》む飲《の》む」

あわてて笑顔《えがお》を作《つく》り、缶《かん》を開《あ》ける。

口《くち》をつけてみるけど――、**やっぱり、味《あじ》がしない。**

ザラッとした舌《した》ざわりの液体《えきたい》が流《なが》れこんでくるだけで、ぜんぜんおいしくないや。

「マメちゃんはあんこ好《す》きだもんな〜。**ラッキーだなっ**」

「うん、あったまるねぇ」

あたしはうてなに笑顔《えがお》を返《かえ》す。

……あたし、**なにを食《た》べても味《あじ》がしなくなっちゃったんだ。**

涼馬《りょうま》くんを連《つ》れていかれた、あの日《ひ》からだ。

ストレスが原因《げんいん》の「味覚障害《みかくしょうがい》」ってヤツだよね。

自分《じぶん》がもう限界《げんかい》だって証拠《しょうこ》を突《つ》きつけられてるみたいで、正直《しょうじき》、すごく怖《こわ》い。

だけど、きっとたぶん、涼馬《りょうま》くんがもどってくれば治《なお》るよね？

なるべく気《き》にしないようにしてるけど、筋肉《きんにく》が落《お》ちないように、ごはんはちゃんと食《た》べなきゃ
——っていうのは、けっこう大変《たいへん》だ。

視線《しせん》を感《かん》じて朝礼台《ちょうれいだい》をふり向《む》いたら、楽《がく》さんが、ジッとあたしを見《み》つめてる。

彼《かれ》がなにか言《い》おうとしたタイミングで、

「S組《エスぐみ》のみなさん！」

大《おお》きな声《こえ》が、校門《こうもん》のほうから響《ひび》いた。

ダッフルコートの女子《じょし》が、ぶんぶんメガホンをふってる。

「あ、あれっ、七海《ななみ》さん？」

ずっと人工島《じんこうとう》の研究《けんきゅう》チームにいたのに、どうしたんだろう。

コートの下《した》から白衣《はくい》のすそがのぞいてる。

めちゃくちゃ急《いそ》いで、こっちに帰《かえ》ってきたんだ。

「なにかあった……!?」

あたしたちは顔《かお》を見合《みあ》わせ、七海《ななみ》さんのもとへダッシュした。

2 さがせ、地下組織《ちかそしき》！

あたしたちは寮《りょう》のコミュニティルームに場所《ばしょ》を変《か》えた。

ずいぶん前《まえ》に、涼馬《りょうま》くんたちと、「帰《かえ》れま1000《せん》」の自主勉強《じしゅべんきょう》をやった部屋《へや》だ。
五、六年《ねん》のS組生徒《エスぐみせいと》がぎっちりならんだテーブルの、一番奥《いちばんおく》の席《せき》。
パソコンをのぞきこむ楽《がく》さんが、みるみる真剣《しんけん》な表情《ひょうじょう》になっていく。

みんな息《いき》を殺《ころ》し、彼《かれ》がしゃべり出《だ》すのを待《ま》つ。

「……七海《ななみ》。これ、**どこかに涼馬《りょうま》がいるかも**——っていう住所《じゅうしょ》のリスト？」

「はい」

となりのイスに座《すわ》った七海《ななみ》さんが、真顔《まがお》でうなずく。

全員《ぜんいん》がドヨッとざわめいた。

あたしは思《おも》わず立《た》ち上《あ》がる。

「りょ、涼馬《りょうま》くんがいる場所《ばしょ》、わかったんですか!?」

「正《ただ》しく言《い》うなら、**栗宮《くりみや》が隠《かく》れていそうな場所《ばしょ》**、ですが」

「それでも、す、すごいっ。すっごい手《て》がかりじゃないですか！　カッさんたちが、とうとう突《つ》きとめてくれたんですねっ！」

「今《いま》すぐ橘《たちばな》が出向《でむ》いて、**シメあげてやりますわっ**」

「よっしゃー！　リョーマをむかえに行《い》くぞ！」

リリコちゃんもうてなも、あたしに続《つづ》いて立《た》ち上《あ》がる。

訓練《くんれん》でどんなに駆《か》けずりまわっても、ずっと心臓《しんぞう》は凍《こご》えるようだったのに、今《いま》、急《きゅう》に血《ち》が全身《ぜんしん》をめぐりはじめて、胸《むね》も体《からだ》も熱《あつ》くなっていく。

ヤル気《き》まんまんのあたしたちに、楽《がく》さんは肩《かた》をすくめた。

「ハーイ、みんな落《お》ちついてー」

「大《おお》きな声《こえ》では言《い》えませんが、このリストは、わたしが楽《がく》さんにたのまれて、中央基地《ちゅうおうきち》のデータベースから、**ぬいて**きたものです」

七海《ななみ》さんはメガホンを口《くち》にあて、大《おお》きな声《こえ》で言《い》った。

「ぬ、ぬいた？」

ハッキングしちゃったってこと？

ギョッとするあたしのとなりから、千早希《ちさき》さんとナオトさんも身《み》を乗《の》りだす。

「ちょっと待《ま》ってよ。じゃあこの住所《じゅうしょ》リストは非公式《ひこうしき》なわけ？」

「中央基地《ちゅうおうきち》をハッキングって、大丈夫《だいじょうぶ》なのそれ。楽《がく》も七海《ななみ》ちゃんもヤバいでしょ」

「大丈夫《だいじょうぶ》じゃないけど、やるしかなくてさ。**ぼくらはもう、基地《きち》から『涼馬《りょうま》に関《かん》する情報《じょうほう》』はもらえないから**」

部屋《へや》は水《みず》を打《う》ったように静《しず》かになった。

……え？　ずっとカッさんからの連絡《れんらく》を待《ま》ってたのに、な、なにそれ……っ。

「ぼくは毎日《まいにち》、調査《ちょうさ》の進《すす》みぐあいを教《おし》えてって、しつこく連絡《れんらく》してたんだけど。『**新《あたら》しい情報《じょうほう》はない**』ばっかり。だけど実際《じっさい》は、ここまで調査《ちょうさ》は進《すす》んでたわけだ」

「涼馬《りょうま》さんを取《と》りもどすまで、だまっているつもりでしょう。基地《きち》のプロは、二度《にど》とわたしたちを作戦《さくせん》に加《くわ》える気持《きも》ちはないようです」

「そ、そんな……っ」

でも、言《い》われてみれば**心当《こころあ》たりがある**。

あたしは毎週末《まいしゅうまつ》、人工島《じんこうとう》へ兄《にい》ちゃんのおみまいに通《かよ》ってる。

基地《きち》の人《ひと》たちも来《き》てるっぽいのに、ぜんぜん会《あ》わないのって、わざとさけられてた？

「〝あの日《ひ》〟は、司令《しれい》が許可《きょか》して、ノドカさんの救出作戦《きゅうしゅつさくせん》にぼくら生徒《せいと》を参加《さんか》させた。その結果《けっか》、涼馬《りょうま》がゆくえ不明《ふめい》になった。司令《しれい》は**責任**《せきにん》を感《かん》じてるんだろうね」

カッさんが、自分《じぶん》のせいだと思《おも》ってる。

なら、もうだれも、二度《にど》と同《おな》じ目《め》にあわせるかって考《かんが》えるよね……。

「悪《わる》いのは、連《つ》れてってって無理《むり》にお願《ねが》いした、あたしなのに」

うつむくあたしに、みんなさらにシンとしてしまう。

すると、七海《ななみ》さんがあらためてメガホンを口《くち》にあてた。

「マメさん、みなさん。あの日《ひ》、話《はな》し合《あ》いに行《い》かなければよかったと思《おも》っているかもしれませんが。**それはちがいます**」

あたしは七海《ななみ》さんの言葉《ことば》に顔《かお》をあげる。

「あの現場《げんば》にわたしたちがいなかったら、一般人《いっぱんじん》の避難《ひなん》が間《ま》に合《あ》わず、死傷者《ししょうしゃ》が出《で》たでしょう。ノドカさんの鷹《たか》が、だれかを殺《ころ》してしまっていた可能性《かのうせい》も高《たか》い」

「そう。ぼくらは少《すく》なくとも、駐車場《ちゅうしゃじょう》だけでも、栗宮《くりみや》たちの命《いのち》を。避難誘導《ひなんゆうどう》もふくめれば、もっとたくさんの命《いのち》を守《まも》った。**特命生還士**《サバイバー》**の卵**《たまご》**として、すべきことをした。**ぼくたちも……涼馬《りょうま》も。

これは、うたがいのない事実《じじつ》だ」

楽《がく》さんはゆっくりとメンバー全員《ぜんいん》を見《み》まわす。

「あの日《ひ》のぼくらの活動《かつどう》は、〝よけいな手出《てだ》し〟じゃなかった。みんな、それは誇《ほこ》ってほしい」

言《い》いきってくれた彼《かれ》に、あたしたちはくちびるを噛《か》んでうなずく。

「そう……ですよね」

うん、そうだ。後悔《こうかい》してるのは、最後《さいご》の最後《さいご》だけだ。

あの天井《てんじょう》から落《お》ちてきたガレキを、**あたしが自分《じぶん》でよけられてたら**、ぜんぶバンザイで終《お》われたのに――って。

「とはいえ、司令《しれい》の気持《きも》ちも、もちろんわかる。だけどこれ以上《いじょう》、なにもしないで涼馬《りょうま》の無事《ぶじ》を祈《いの》ってろっていうのは、さすがにしんどい。――そんなとこに、七海《ななみ》が**すてきな情報**《じょうほう》を引《ひ》っこぬいてきてくれたんだ」

楽《がく》さんは七海《ななみ》さんと視線《しせん》をかわす。

そして、あたしたちにくるりとパソコンの画面《がめん》を向《む》けた。

「ぼくらは、プロに迷惑《めいわく》かけない範囲《はんい》で、こっそり参加《さんか》しよ」

七海《ななみ》さん情報《じょうほう》は、中央基地《ちゅうおうきち》が「地下組織《ちかそしき》の私有地《しゆうち》かも？」ってうたがってる場所《ばしょ》のリストだ。

印刷《いんさつ》してみたら、ずら～っと、**何十《なんじゅう》、ううん、百か所《しょ》ちかく**の住所《じゅうしょ》がならんでる。

「うわぁ、こんなにあるんだ」

プリンターから出《で》てくる紙《かみ》を受《う》けとりながら、めまいがしそうだよ。

「これは、『**あやしい**』と思《おも》われる場所《ばしょ》を、全国《ぜんこく》のサバイバー基地《きち》から報告《ほうこく》してもらって、ならべただけのようです。これから現地調査《げんちちょうさ》をして、しぼりこんでいくつもりでしょう」

「現地調査《げんちちょうさ》……。プロの人《ひと》たちはただでさえ人手《ひとで》がたりなくて、めちゃくちゃいそがしいのに。こんなにあったら、何年《なんねん》かかるかわかんないですよね」

ふだんの仕事《しごと》をしながら、涼馬《りょうま》くんのゆくえをさがすなんて、もともと厳《きび》しいはずなんだ。

じりじりと、アセリが胸《むね》の底《そこ》でくすぶる。

「そう。だから、ぼくたちはいそがしいプロにかわって、動《うご》くわけだ」

楽《がく》さんがプリントしたリストの束《たば》を、どんっとテーブルに置《お》いた。

「**ぼくらで、このリストをしぼりこもう。**地図《ちず》とネット情報《じょうほう》からだけじゃ、そんなカンタンにはいかないと思《おも》う。けど、なにもしないよりずっとマシだ。やれるだけ、やってみよっか！」

なるほど、そういうことかっ。

リストの数《かず》を減《へ》らせれば、プロが調査《ちょうさ》に行《い》かなきゃならない数《かず》も減《へ》るもんね。

「了解《ラジャー》！」

あたしたちはヤル気《き》まんまん、そろって大《おお》きな声《こえ》で応《こた》えた。


涼馬《りょうま》くんを失《うしな》ってから、季節《きせつ》が変《か》わっちゃうほどのあいだ、彼《かれ》のためになにもできなかった。

やっと動《うご》けるんだと思《おも》うだけで、**めっちゃ元気《げんき》がわいてくる！**

寮《りょう》の図書室《としょしつ》から、リストにのってる場所《ばしょ》の地図《ちず》を拡大《かくだい》コピーしてきて、コミュニティルームのテーブルにつむ。

キャンパーが中心《ちゅうしん》になって、その地点《ちてん》の情報《じょうほう》を、ネットで、電話《でんわ》で、チャットで集《あつ》める。

そして地図《ちず》の山《やま》を一枚《まい》ずつ、「可能性《かのうせい》が高《たか》そう」「なんとも言《い》えない」「低《ひく》そう」に分類《ぶんるい》。

あたしたちは、涼馬《りょうま》くんが生《い》きてる場合《ばあい》しか考《かんが》えてない。

栗宮代表《くりみやだいひょう》を逃《に》がしつつ、心停止《しんていし》してた涼馬《りょうま》くんを連《つ》れていきつつ、急《きゅう》ごしらえで研究場所《けんきゅうばしょ》を整《ととの》えるなら、どんなところにする？

センパイたちも広《ひろ》げた地図《ちず》とにらめっこ。

「分裂体《ぶんれつたい》を研究《けんきゅう》するつもりなら、なるべく**人目《ひとめ》につかない場所《ばしょ》**にするよね」

「山奥《やまおく》とか、海《うみ》の人工島《じんこうとう》みたいな場所《ばしょ》？　でも研究所《けんきゅうじょ》なら、機械《きかい》を動《うご》かすための、**すごい量《りょう》の電気《でんき》が必要《ひつよう》**だよ。発電設備《はつでんせつび》を用意《ようい》するなら、かなり前《まえ》から建設《けんせつ》してないとだ。あんまり町《まち》から離《はな》れてるのは、考《かんが》えづらいかな」

彼《かれ》らの話《はなし》を聞《き》きながら、あたしもタブレットの**衛星写真《えいせいしゃしん》**で、リストの住所《じゅうしょ》を表示《ひょうじ》する。

「**あれ？**　なんだこれ。ボヤけてる。なんかのミスかな？」

「わざとっぽくないか？　この建物《たてもの》だけだぞ」

のぞきこんできたうてなと、いっしょに目《め》をパチパチ。

山《やま》の中《なか》の、どこかの会社《かいしゃ》の建物《たてもの》みたいなんだけど、拡大《かくだい》してもここだけぼんやり。

わざとボカしが入《はい》ってる？

七海《ななみ》さんに聞《き》いてみたら、衛星写真《えいせいしゃしん》に載《の》せられたくない場合《ばあい》、地図《ちず》の会社《かいしゃ》にリクエストすると、こうなるんだって。

そんなめずらしいコトではないらしい。

このボカされた建物《たてもの》は、でっかい山脈《さんみゃく》で有名《ゆうめい》なN地区《エヌちく》の、まさにその山間部《さんかんぶ》にある。

「うてな。ほら、すぐそばがスキー場《じょう》だよ。町《まち》までも出《で》やすそうだね」

町《まち》まで何《なん》センチか測《はか》って、計算《けいさん》してみる。

「二キロちょいか。車《くるま》なら、**町《まち》まで五分《ふん》くらい**か？」

分裂体《ぶんれつたい》が暴《あば》れても、隠《かく》しきれるような場所《ばしょ》。

そして電気《でんき》をゲットするのにも無理《むり》がない、ほどほどに人里《ひとざと》に近《ちか》い場所《ばしょ》。

「**条件**《じょうけん》に合《あ》ってそうだね……」

ドキッとして、あたしたちは顔《かお》を見合《みあ》わせた。

「よぉし、もうちょい調《しら》べてみるか」

うてながタブレットで、住所《じゅうしょ》から会社《かいしゃ》の名前《なまえ》を検索《けんさく》する。

あたしも衛星写真《えいせいしゃしん》を拡大《かくだい》して、まわりにあやしいものがないか探《さが》してみる。

涼馬《りょうま》くんを見《み》つけられるかもって思《おも》ったら、細《こま》かな情報《じょうほう》ひとつだって、見落《みお》としたくないよっ。

そこに、ナオトさんが手《て》をあげた。

「楽《がく》、質問《しつもん》。このリストは、ぜんぶ国内《こくない》の住所《じゅうしょ》だけみたいだけどさ。栗宮《くりみや》が、**外国《がいこく》に出《で》てる可能《かのう》性《せい》**は考《かんが》えなくていいの？」

聞《き》かれた楽《がく》さんは、地図《ちず》から顔《かお》を上《あ》げる。

「ないと思《おも》いたいな。まず、海和田司令《かいわだしれい》が国内《こくない》だけをさがしてるんだから、まだ日本《にほん》だと考《かんが》えてる理由《りゆう》があるはずだ。それに、裏《うら》プロに国《くに》のエラい人《ひと》たちがカラんでたのはまちがいない。だったら、『**貴重《きちょう》な被験者《ひけんしゃ》**』も研究者《けんきゅうしゃ》も、ほかの国《くに》には渡《わた》したくないでしょ。今《いま》のところは、高確率《こうかくりつ》で『**ない**』だろうけど、この先《さき》はわからない」

あたしは二人《ふたり》のやりとりを聞《き》きながら、くちびるを噛《か》んだ。

「今《いま》は日本《にほん》にいても、栗宮代表《くりみやだいひょう》の事情《じじょう》がかわって、海外《かいがい》に出《で》ちゃう可能性《かのうせい》もありますよね」

外国《がいこく》に出《で》られたら、もうさがしようがないよ。

やっぱり、プロたちにまかせっぱなしじゃ、間《ま》に合《あ》わない。

一刻《いっこく》も早《はや》く、涼馬《りょうま》くんを見《み》つけなきゃ……！

とちゅうで食堂《しょくどう》のおばちゃんが、おむすびを差《さ》しいれてくれた。

ありがたくいただきつつ、リストに目《め》を通《とお》しおえた時《とき》には、八時《じ》をまわってた。

〝可能性《かのうせい》が高《たか》い〟山《やま》に積《つ》まれた紙《かみ》は、十一枚《まい》！

もちろん、ぜんぶハズレかもしれない。

それでも優先順位《ゆうせんじゅんい》がつけば、先《さき》が見《み》えてくるってもんだよね。

「だいぶしぼれたな。これ以上《いじょう》は、現地調査《げんちちょうさ》に行《い》かないと難《むずか》しそうだね」

楽《がく》さんはテーブルに手《て》をつき、ならべた十一枚《まい》の地図《ちず》に目《め》を走《はし》らせる。

「あたし、N《エヌ》地区山間部《ちくさんかんぶ》に行《い》きたいです！」

「ボクも！」

あたしとうてなはズパッと手《て》をあげる。

さっきボカしが入《はい》ってた住所《じゅうしょ》、とある会社《かいしゃ》の研修施設《けんしゅうしせつ》らしいんだけど。

電話《でんわ》もつながらなくて、ネットで調《しら》べてみたら、その会社《かいしゃ》は〝実在《じつざい》しない〟っぽかった。

そして実際《じっさい》に働《はたら》いてる人《ひと》も取引《とりひき》した相手《あいて》も見《み》つからない。

なにかを隠《かく》そうとしてる、ダミー会社《がいしゃ》ってことじゃない？　って、一番引《いちばんひ》っかかってる。

ほかのS組《エスぐみ》メンバーも、自分《じぶん》はあそこに行《い》きたい、こっちがいい！　って。

楽《がく》さんはエェ～ッと眉《まゆ》をひそめた。

「さすがに現地《げんち》はなぁ。たとえその住所《じゅうしょ》で、『ここだ』って確信《かくしん》したとしても、ぼくらは突入《とつにゅう》できないんだよ」

「でも行《い》きたいよ！　『ここだ』って分《わ》かったら、プロを呼《よ》べばいいじゃないですかっ」

唯《ゆい》ちゃんが、さらに一押《ひとお》し。

健太郎《けんたろう》くんもうなずく。

「地元《じもと》の人《ひと》に聞《き》きこみ調査《ちょうさ》するくらいなら、危険性《きけんせい》は低《ひく》いと思《おも》います」

「それに、時間《じかん》がたてばたつほど、涼馬《りょうま》さんに追《お》いつきづらくなりますわ」

リリコちゃんはギラリと瞳《ひとみ》を光《ひか》らせる。

「海和田司令《かいわだしれい》たちが非番《ひばん》の日《ひ》に行《い》ってくれても、十一か所《しょ》もあれば、何週間《なんしゅうかん》もかかる。そのあいだに国外《こくがい》へ出《で》られたら、もう手《て》におえませんわよ」

「それはそうなんだけどさ」

楽《がく》さんは、ものすごくフクザツな顔《かお》をした。

たぶん、**「リーダーとして、みんなに危《あぶ》ないことはさせられない」**って責任感《せきにんかん》と、でも、今《いま》の状況《じょうきょう》じゃ、涼馬《りょうま》くんはますます遠《とお》ざかる一方《いっぽう》で、とてもつかまえられないっていうアセりと。

だけど楽《がく》さんこそ、**涼馬《りょうま》くんとずっといっしょにくらしてきたんだ。**

めちゃくちゃ心配《しんぱい》なはずだよ。

彼《かれ》は腕《うで》を組《く》んで考《かんが》えこむ。

「……S《エス》組全員《ぐみぜんいん》で分担《ぶんたん》すれば、一気《いっき》に下調《したしら》べを終《お》えられるか？　しかし、さすがにバレるよなぁ。寮《りょう》のメンバーは、外泊届《がいはくとどけ》も出《だ》さなきゃだし」

「外泊届《がいはくとどけ》は、みんな実家《じっか》に帰《かえ》るってことにすればいいわよ」

「涼馬《りょうま》さんを取《と》りかえすためには、チャンスを逃《のが》せるほどの時間《じかん》のよゆうは、すでにありません。本当《ほんとう》は中央基地《ちゅうおうきち》も、のどから手《て》が出《で》るほど人手《ひとで》がほしいはずです。そして、**わたしだって行《い》きたいです**」

千早希《ちさき》さんと七海《ななみ》さんの、さらなる一押《ひとお》し。

ナオトさんにもうなずかれて、楽《がく》さんはまぶたを下《お》ろす。

――しばらく考《かんが》えこんだあと。

楽《がく》さんはまずあたしの目《め》を見《み》て、それからコミュニティルームの全員《ぜんいん》を見《み》まわした。

「行《い》くとしても、旅行者《りょこうしゃ》のフリで許《ゆる》されるところまで。いくらあやしくても、突入《とつにゅう》は絶対《ぜったい》に禁止《きんし》。

――それでも、行《い》きたい？」

全員《ぜんいん》が、すぐさま手《て》をあげた。

それをながめて、楽《がく》さんはフーッと深《ふか》い息《いき》をつく。

あたしたちは息《いき》を殺《ころ》し、彼《かれ》の決断《けつだん》を待《ま》つ。

「……わかった。十一チームに分《わ》かれて、一気《いっき》に下調《したしら》べを終《お》わらせちゃおう」

総《そう》リーダーのGO《ゴー》サインが出《で》たっ。

みんなでワッと声《こえ》をあげ、うてなと抱《だ》きしめあって喜《よろこ》ぶ。

「決行《けっこう》は、三連休《れんきゅう》になる今週末《こんしゅうまつ》だ。チーム分《わ》けと行《い》き先《さき》は、みんなの出身地《しゅっしんち》と適性《てきせい》を考《かんが》えて、こっちで決《き》めます。今日《きょう》の夜《よる》までに連絡《れんらく》するね。各《かく》チームはその後《ご》、あさってまでに行動計画書《こうどうけいかくしょ》を提出《ていしゅつ》して。オーケー？」

「了解《ラジャー》！」

みんなの顔《かお》が急《きゅう》に生《い》き生《い》きする。もちろんあたしもだ。

涼馬《りょうま》くん、今《いま》、どうしてる？

あたしたち、近《ちか》くに行《い》ける。きっと見《み》つけてみせるよっ。

涼馬《りょうま》くんにたどり着《つ》くまで、ゼッタイにあきらめないから。

だから、信《しん》じて待《ま》っててね……！

3　ミステリアスな、あの人《ひと》は

A地区《エーちく》から目的《もくてき》のN地区《エヌちく》は、新幹線《しんかんせん》とバスを乗《の》りついで、五時間《じかん》ほど。

朝《あさ》イチの新幹線《しんかんせん》に乗《の》って、ただいま新幹線《しんかんせん》にゆられてるところだ。

N地区《エヌちく》を担当《たんとう》するメンバーは、六年《ねん》が楽《がく》さん、七海《ななみ》さん、千早希《ちさき》さん、ナオトさん。

そして五年《ねん》があたしとうてなの、あわせて六名《めい》！

N地区《エヌちく》行《い》きの新幹線《しんかんせん》のなか、となりのボックス席《せき》では、六年《ねん》がタブレットやパソコンをひざに、
あっちこっちのメンバーの報告《ほうこく》を聞《き》いたり、指示《しじ》を出《だ》したり。

いま道中《どうちゅう》のチームも、すでに現地《げんち》に着《つ》いてるチームもさまざまだ。

朝《あさ》ごはんのおむすびを食《た》べてたうてなが、ラップを丸《まる》めながら言《い》う。

「ケンタロはだいじょぶかな。I校《アイこう》のメンバーって、アクが強《つよ》いんだよな」

「胃《い》がキリキリしてそーだよね。でも紫《ゆかり》ちゃんがいるしなぁ。唯《ゆい》ちゃんのほうが心配《しんぱい》かも」

健太郎《けんたろう》くんはI地区《アイちく》の担当《たんとう》。

つまり、蒼《そう》くん、桜司《おうじ》さん、紫《ゆかり》ちゃんトリオと同《おな》じチームなんだ。

唯《ゆい》ちゃんはG校《ジーこう》のふたごといっしょ——なんだけど。

G地区《ジーちく》といえば……、G地区出身《ジーちくしゅっしん》のリリコちゃんもいっしょ。

そろそろあちらでは、**恐竜怪獣大決戦**《きょうりゅうかいじゅうだいけっせん》がくり広《ひろ》げられてるころかも？

「なぁ、マメちゃん。ボクらに協力《きょうりょく》してくれる、現地《げんち》のS組生徒《エスぐみせいと》って、マメちゃんは会《あ》ったことあるんだろ？　どんな人《ひと》だった？」

「あ、うん。**彩羽**《あやは》**さん**っていう六年生《ねんせい》だよ。どんな人《ひと》かって言《い》われると……、う−ん？」

秋合宿《あきがっしゅく》で出会《であ》った彩羽《あやは》さんは、**N地区の分校生徒**《エヌちくぶんこうせいと》。

楽《がく》さんが協力《きょうりょく》をたのんだら、オーケーしてくれたそうだ。

合宿《がっしゅく》では毎日顔《まいにちかお》を合《あ》わせてたものの、直接《ちょくせつ》はしゃべってない。

あたしが必死《ひっし》すぎてテンパってたのもあるけど、彩羽《あやは》さんは食堂《しょくどう》でも一人《ひとり》だったし、やるべきことをこなしたら、スッといなくなってた。

でも彼女《かのじょ》は、桜司《おうじ》さんとペアを組《く》んで、一番《いちばん》に〝**ごほうび**〟をもらえる資格《しかく》をゲットしたんだ。

ものすごい実力者《じつりょくしゃ》なのはまちがいない。

だけど、その〝**ごほうび**〟も、なにに使《つか》ったのか不明《ふめい》で、ナゾのままなんだよね。

右《みぎ》に左《ひだり》に首《くび》をかたむけながら、出《で》てきた答《こた》えは、

「ミステリアスな、すっっっっごい人《ひと》？」

「なんだぁ、それ。まぁいいや、会《あ》ってのお楽《たの》しみだなー」

今回《こんかい》あたしたちは、リストにあった住所近《じゅうしょちか》くの、スキー場《じょう》のコテージにお泊《と》まりすることになってる。

彩羽《あやは》さんはそこに合流《ごうりゅう》してくれる予定《よてい》だそうだ。

今回《こんかい》の行動計画《こうどうけいかく》は、楽《がく》さんが彩羽《あやは》さんと相談《そうだん》して、ばっちり調整《ちょうせい》してくれたんだって！

あたしは、楽《がく》さん手作《てづく》りの**「旅《たび》のしおり」**を開《ひら》き、これからの予定《よてい》を頭《あたま》に入《い》れなおす。


――そうして、新幹線《しんかんせん》からバスに乗《の》り換《か》え、**二時間《じかん》**。

うとうとしてるうちに終点《しゅうてん》だ。

窓《まど》ごしの景色《けしき》は、すっかり銀世界《ぎんせかい》！

暖房《だんぼう》のきいてるバスから降《お》りたら、澄《す》みわたる山《やま》の空気《くうき》に、耳《みみ》たぶがきんっとなった。

木造《もくぞう》のかわいい駅舎《えきしゃ》のむこうは、壮大《そうだい》な白《しろ》い山脈《さんみゃく》。

お客《きゃく》さんたちは、スノーボードやスキーの道具《どうぐ》を背《せ》おって、スキー場《じょう》のほうへ向《む》かっていく。

あたしとうてなは駐車場《ちゅうしゃじょう》の雪《ゆき》の壁《かべ》に手《て》をつっこんで、ヒャ〜ッ！　と声《こえ》をあげる。

「雪《ゆき》だよ、雪《ゆき》！　**きれーい！**」

「冷《つめ》たいなぁ〜っ！」

「子犬《こいぬ》と子猫《こねこ》、涼馬《りょうま》がいないと大変《たいへん》そうだなぁ」

楽《がく》さんは荷物《にもつ》を受《う》けとりながら、あははと笑《わら》う。

あっ。無理《むり》を押《お》して連《つ》れてきてもらったのに、メーワクかけてる場合《ばあい》じゃないよね⁉

「すみませんでしたっ。気《き》を引《ひ》きしめます！」

「ます！」

背《せ》すじを伸《の》ばすあたしたちに、楽《がく》さんがブハッと噴《ふ》きだした。

「うそうそ。せっかくだから楽《たの》しもうよ」

「そうよ。休日《きゅうじつ》なのはホントじゃない？」

「今回《こんかい》は**下調《したしら》べだけ**で、逆《ぎゃく》に危険《きけん》なことはしちゃいけないわけだしね」

雪景色《ゆきげしき》の中《なか》だからか、千早希《ちさき》さんもナオトさんも、教室《きょうしつ》にいるときより表情《ひょうじょう》が明《あか》るく見《み》える。

「「ですよねー！」」

ふり向《む》いたら、すぐそこに、**まっさらなふっかふかの新雪地帯《しんせつちたい》！**

うてなと手《て》をつなぎ、「せーのっ」と飛《と》びこもうとしたところで、

つるっ!

二人《ふたり》そろって、見事《みごと》にかかとをすべらせた。

センパイたちが「あ」と口《くち》を開《あ》ける。

あたしたちはムダに元気《げんき》よく、後《うし》ろ頭《あたま》から駐車場《ちゅうしゃじょう》に倒《たお》れこんでいく——!

これは**後頭部外傷《こうとうぶがいしょう》&脳挫傷《アンドのうざしょう》!?**

調査《ちょうさ》に出《で》るまえから大《おお》ケガなんて、ダメダメすぎだぁっ!

「**危《あぶ》ないよ**」

真後《まうし》ろに、低《ひく》い声《こえ》が響《ひび》いた。

気《き》づけば、あたしたちはだれかの右腕《みぎうで》と左腕《ひだりうで》に、がっちりと抱《だ》きとめられてる。

「新雪《しんせつ》の下《した》が**アイスバーン**になってることなんて、ザラだからね」

そのまま垂直《すいちょく》に押《お》しもどしてもらい、大《おお》ケガ回避《かいひ》、したみたい?

「あ、ありがとうございます」

「ども……」

助《たす》けてくれた人《ひと》の横顔《よこがお》に、パチパチ目《め》をまたたく。

雪《ゆき》の粉《こな》が舞《ま》う中《なか》に、静《しず》かで、きれいな横顔《よこがお》。

まるで**雪《ゆき》の国《くに》の王子《おうじ》さま**みたいに登場《とうじょう》した、この人《ひと》……！

「彩羽《あやは》さん。今回《こんかい》は、ご協力《きょうりょく》をありがとうございます」

七海《ななみ》さんがさし出《だ》した右手《みぎて》に、彼女《かのじょ》はちょっとだけくちびるのハシを持《も》ち上《あ》げた。

そして七海《ななみ》さんと楽《がく》さんたちと、次々《つぎつぎ》にアクシュする。

「おいでなんしょ。長旅《ながたび》おつかれさまでした」

「ウォンッ」

彼女《かのじょ》の足《あし》もとには、でっかいワンちゃんも！

名前《なまえ》のイメージどおりにきらびやかな顔立《かおだ》ちで、だけど表情《ひょうじょう》はしっとりとオトナっぽい。

秋合宿《あきがっしゅく》で会《あ》った**黒崎彩羽《くろさきあやは》**さん、その人《ひと》だ！

コテージはペットも宿泊《しゅくはく》オーケー。

しかも豪華《ごうか》に、**本物《ほんもの》の薪《まき》ストーブ**までついてるんだ。

宿《やど》の人《ひと》が用意《ようい》してくれたランチボックスは、ローストビーフとチーズとレタスが何枚《なんまい》もはさまった、ぶ厚《あつ》いホットサンドに、かぼちゃのポタージュ。

あ〜っ、凍《こご》えた全身《ぜんしん》が、**内《うち》がわから解凍《かいとう》されていくみたい**だよぉ〜っ。

このメンバーでお出《で》かけだと、たいていは寝《ね》ぶくろがあったらラッキーくらいのサバイバル。

こんなにいたれり尽《つ》くせりだと、かえってソワソワしちゃうよね。

「ハァア、**あったまるねぇ〜**」

「めちゃくちゃ**おいしい**な！」

うてなはサンドイッチでほっぺたをふくらませつつ、すでに二箱目《はこめ》をねらってる。

彩羽《あやは》さんの**「クロ」**も、彼女《かのじょ》の足《あし》もとで、ワンちゃん用《よう》の特製《とくせい》ランチに夢中《むちゅう》。

クロは茶色《ちゃいろ》と黒《くろ》のまざった、もっふもふの毛皮《けがわ》。

たれた耳《みみ》も、くりんとしたきらきらの瞳《ひとみ》も、ほんとにかわいいんだぁ。

「このコは、グレートスイスマウンテンドッグですね？」

「そう。月城《つきしろ》はなんでも知《し》ってるな。アタシ、クロが赤《あか》ちゃんのころから、ずっといっしょなんだ。近《ちか》ごろは彼《かれ》もアタシもいそがしいから、なかなか会《あ》えないんだけどね」

彩羽《あやは》さんは静《しず》かなテンションで、ぽつぽつと話《はな》す。

「クロもいそがしいの？」

千早希《ちさき》さんに頭《あたま》をなでられて、クロはぱたぱたしっぽをふる。

「このコも働《はたら》いてるからね」

「へえっ。きみはすごいんだね」

クロが働《はたら》いてるって――、カフェとかで看板犬《かんばんけん》みたいなのをやってるのかな？

イケメンな千早希《ちさき》さんと、もの静《しず》かな彩羽《あやは》さん。そしてとなりにクールな七海《ななみ》さん。

三人《にん》がならんで座《すわ》ると、なんというか、**視界《しかい》がビューティフル**だ。

サンドイッチをもぐもぐしながら、センパイたちをながめちゃう。

「さて。それじゃみんな、食《た》べながらでいいんで聞《き》いてくださーい」

人心地《ひとごこち》ついたところで、楽《がく》さんが仕切《しき》りなおす。

「この後《あと》は、**山岳救助《さんがくきゅうじょ》チーム**との打《う》ち合《あ》わせの予定《よてい》だね」

「お祭《まつ》りの話《はなし》だろっ？　ヒャ～ッ、楽《たの》しみだな！」

うてながワクワク、テーブルに身《み》を乗《の》りだす。

そう。あたしたちは今回《こんかい》、〝特命生還士《とくめいせいかんし》・N地区山岳救助《エヌちくさんがくきゅうじょ》チームのお手伝《てつだ》い〟っていうタテマエで、涼馬《りょうま》くんさがしの調査《ちょうさ》に入《はい》るんだ。

あやしいとにらんでる住所《じゅうしょ》は、山《やま》の中《なか》。

山《やま》の情報《じょうほう》がほしいなら、地元《じもと》の山《やま》を守《まも》るプロフェッショナル、山岳救助《さんがくきゅうじょ》チームに聞《き》くのが一番《いちばん》てっとり早《ばや》い。

明日《あした》はこの地区《ちく》で、星祭《ほしまつ》りっていう、毎年冬《まいとしふゆ》のイベントがあるんだそうだ。

そのイベントには、山岳救助《さんがくきゅうじょ》チームも防災展示《ぼうさいてんじ》コーナーを出店《しゅってん》する。

あたしたちは、彩羽《あやは》さんと同《おな》じ「N地区分校《エヌちくぶんこう》の生徒《せいと》」っていう設定《せってい》で、コーナーのお手伝《てつだ》いをしに行《い》き、彼《かれ》らから情報《じょうほう》を聞《き》きだす——って計画《けいかく》なんだ。

お祭《まつ》りには地元《じもと》の人《ひと》が集《あつ》まるから、聞《き》きこみ調査《ちょうさ》もしやすいはずだよねっ。

まさに一石二鳥《いっせきにちょう》の作戦《さくせん》だよっ。

「で、問題《もんだい》の〝あやしい場所《ばしょ》〟を探《さぐ》るのは、お祭《まつ》りの打《う》ち合《あ》わせの後《あと》かな」

「了解《りょうかい》です。今日《きょう》は打《う》ち合《あ》わせで、明日《あした》は丸一日《まるいちにち》お祭《まつ》りで。……そんなにゆっくりは、見《み》に行《い》けなそうですね」

あたしはしおりの行動予定表《こうどうよていひょう》を指《ゆび》でなぞる。

なんとしても、涼馬《りょうま》くんがいるかどうか突《つ》きとめてから帰《かえ》りたい。

できるだけ長《なが》い時間《じかん》、ようすをうかがう時間《じかん》がほしいよ。

すると、彩羽《あやは》さんがスッと手《て》をあげた。

「だろうと思《おも》って、山岳《さんがく》チームとはアタシのほうで話《はなし》をつけておいた。**明日《あした》の手伝《てつだ》いは、午前《ごぜん》と午後《ごご》の一時間《じかん》ていどですむよ**」

「じゃあ、その時間以外《じかんいがい》は調査《ちょうさ》に使《つか》えるんですか⁉」

こっくりうなずく彼女《かのじょ》に、あたしたちは大感謝《だいかんしゃ》で拍手《はくしゅ》する。

「すごい、ありがとうございます！」

「彩羽《あやは》ちゃん。急《きゅう》に押《お》しかけて、口《くち》ウラまで合《あ》わせてもらってゴメンね。助《たす》かるよ」

握手《あくしゅ》をもとめる楽《がく》さんに、彩羽《あやは》さんは軽《かる》くにぎり返《かえ》してから、真剣《しんけん》な瞳《ひとみ》になった。

「伊地知《いじち》リーダー。本校《ほんこう》のみんな。**風見涼馬《かざみりょうま》**くんの件——、アタシは彼《かれ》とは合宿《がっしゅく》で会《あ》ったきりだけど。こんなことになって、心配《しんぱい》してたんだ」

涼馬《りょうま》くんの名前《なまえ》に、あたしは心臓《しんぞう》がドキッとはねた。

彼女《かのじょ》はテーブルをかこむあたしたちを、ゆっくりと見《み》まわす。

「今《いま》、N《エヌ》地区《ちく》分校《ぶんこう》でこの話《はなし》を知《し》ってるのは、アタシだけだ。クラスのみんなは巻《ま》きこみたくないから、なにも話《はな》してない。でも、**アタシにできることは協力《きょうりょく》するよ**。なんでも言《い》って」

彩羽《あやは》さんの強《つよ》い瞳《ひとみ》が、めちゃくちゃたのもしい。

地元《じもと》の人《ひと》のナビがあるって、調査《ちょうさ》のハードルの高《たか》さがぜんぜんちがうよ。

楽《がく》さんを始《はじ》め、本校《ほんこう》メンバーはみんな次々《つぎつぎ》に立《た》ち上《あ》がった。

「――ありがとう」

「ありがとうございます！」

そろって頭《あたま》を低《ひく》くするあたしたちに、彩羽《あやは》さんの目《め》が丸《まる》くなる。

「いいよ、座《すわ》って座《すわ》って。仲間《なかま》がゆくえ不明《ふめい》なんて、気《き》が気《き》じゃないだろ。アタシはS組《エスぐみ》の仲間《なかま》を失《うしな》ったことはないけど、山岳《さんがく》チームを手伝《てつだ》ってたときに、メンバーが還《かえ》ってこられなかった現《げん》場《ば》には、いあわせたよ」

「……雪山《ゆきやま》の救助《きゅうじょ》は、救《たす》けに行《い》ったサバイバーが、なだれに巻《ま》きこまれる『二次災害《にじさいがい》』も起《お》こりやすい。冬《ふゆ》の山《やま》でゆくえ不明《ふめい》になった場合《ばあい》、夏《なつ》にくらべて、**死亡率《しぼうりつ》が六倍《ばい》**になるというデータを見《み》たことがあります」

「ろ、六倍《ばい》」

七海《ななみ》さんの説明《せつめい》に、声《こえ》が震《ふる》えちゃった。

ゆくえ不明者一人《ふめいしゃひとり》が死《し》んじゃうような事故《じこ》で、六人死《にんし》んじゃう。

六人《にん》って、今《いま》ここに来《き》てる、あたしたち本校《ほんこう》の人数《にんずう》じゃん……。

「還《かえ》ってこられなかった人《ひと》は、アタシにとっては、たくさん遊《あそ》んでくれる大好《だいす》きなお兄《にい》さんだった。……あんたたちも今《いま》、そんな気持《きも》ちなんだろう？」

彩羽《あやは》さんはあたしを見《み》つめた。

「双葉《ふたば》さんは〝**双葉《ふたば》ノドカ**〟の妹《いもうと》だったんだね。伊地知《いじち》リーダーから聞《き》いて、びっくりしたよ。せっかくお兄《にい》さんがもどってきたのに、今度《こんど》はクラスの仲間《なかま》が——って、つらいよな」

「えっ、あ……」

あたしはとっさに「ハイ」って答《こた》えられない。

だってあたしは、なぐさめてもらえる立場《たちば》なんかじゃない。

楽《がく》さんたちは、あたしが涼馬《りょうま》くんと知《し》りあうまえから、ずっと仲良《なかよ》しだったんだ。

あたし一人《ひとり》が悲《かな》しいんじゃない。

それに……、それにさ。

涼馬《りょうま》くんの件《けん》は、そもそも、あたしとノドカ兄《にい》のことに巻《ま》きこんじゃったのが始《はじ》まりだ。

つまり、涼馬《りょうま》くんがここにいないのは、あたしたち兄妹《きょうだい》のせい。


そんなこと言《い》ったら、みんな「悪《わる》いのは栗宮《くりみや》だ」って、一生懸命《いっしょうけんめい》フォローしてくれると思《おも》う。

今《いま》、だれもが**ギリギリの精神状態《せいしんじょうたい》**なのに、あたしのために気《き》をつかわせるなんてできない。

だから絶対《ぜったい》に口《くち》にしないけど。

あたしはずっと、涼馬《りょうま》くんにもみんなにも、罪悪感《ざいあくかん》がぐるぐるし続《つづ》けてる……。

「風見《かざみ》くんは、死亡《しぼう》が確定《かくてい》したわけじゃない。このN《エヌ》地区《ちく》の山岳部《さんがくぶ》に、カギがあるかもしれない。

なら、協力《きょうりょく》しないなんて言《い》えないよ。**がんばって見《み》つけよう**」

「はい！　ありがとうございますっ。めーっちゃたのもしいです！」

優《やさ》しく肩《かた》をたたかれて、あたしは大《おお》げさなくらい元気《げんき》にうなずく。


ぷちっ。


耳《みみ》の後《うし》ろに聞《き》こえた音《おと》に、あたしは手《て》のひらで、パンッと耳《みみ》を押《お》さえた。

「マメちゃん？　蚊《か》か？」

急《きゅう》な動《うご》きに、うてなやみんなをビックリさせちゃった。

「冬《ふゆ》に蚊《か》なんていないでしょ。羽虫《はむし》とか？」

ナオトさんのツッコミに、あたしは「耳鳴《みみな》りです」って急《いそ》いで答《こた》える。

彩羽《あやは》さんはちょっと笑《わら》った。

「このふもとの町《まち》でも、**気圧《きあつ》が低《ひく》い**んだ。慣《な》れるまで耳《みみ》がおかしくなるかもね。——伊地知《いじち》リーダー、話《はなし》をもどすけど。アタシも、その分裂体《ぶんれつたい》を作《つく》る可能性《かのうせい》はあるのかな」

「……いや。分裂体《ぶんれつたい》を作《つく》るかどうかは、『スイッチ』のオンオフにかかわるらしいね。裏《うら》プロジェクトの『**スイッチ・オン状態《じょうたい》の生徒《せいと》リスト**』を盗《ぬす》み見《み》したけど、そこに彩羽《あやは》ちゃんの名前《なまえ》はなかったよ」

断言《だんげん》した楽《がく》さんに、彼女《かのじょ》は「よかった」と息《いき》をついて、ソファの背《せ》にもたれかかった。

「で、その**スイッチ**って、なんなの？」

単刀直入《たんとうちょくにゅう》な彼女《かのじょ》の質問《しつもん》に、あたしたちは口《くち》ごもった。

高梨《たかなし》さんは裏《うら》プロが持《も》ってる研究《けんきゅう》データをぜんぶ出《だ》すって、自分《じぶん》のパソコンをくれた。

きっとスイッチについても、パソコンに情報《じょうほう》があったはずだ。

だけど、涼馬《りょうま》くんの心停止《しんていし》に必死《ひっし》に対応《たいおう》してるあいだに、パソコンの中身《なかみ》は、**遠隔《えんかく》コントロールでぜんぶ破壊《はかい》されちゃってたん**だ。

七海《ななみ》さんは「すぐさまデータをコピーしておくべきだったのに。涼馬《りょうま》さんのことで、冷静《れいせい》さを失《うしな》っていました。わたしのミスです」って、すごく落《お》ちこんでたけど……。

あんなのは、どうしようもなかったよ。

こっちに取《と》り残《のこ》されて、味方《みかた》になってくれた研究員《けんきゅういん》さんたちは、研究補助《けんきゅうほじょ》の人《ひと》たちで、スイッチについてはほとんど情報《じょうほう》を持《も》ってなかった。

ただ、子《こ》どもが分裂体《ぶんれつたい》を生《う》むのは、脳波《のうは》が「火事場のバカ力《ハイベータ波》」状態《じょうたい》のとき。

その脳波《のうは》をキープできるかどうかが、「スイッチが入《はい》ってるかどうか」ってことなんだ——とは、教《おし》えてもらえた。

そこらへんの話《はなし》を、七海《ななみ》さんが彩羽《あやは》さんに説明《せつめい》してくれる。

彩羽《あやは》さんはクロをなでながら、難《むずか》しい顔《かお》で耳《みみ》をかたむけてた。

「脳波《のうは》がずっと、ハイベータ……。そんなの、心《こころ》も体《からだ》もボロボロになりそうだな。ずっとその脳《のう》波《は》をキープさせる原因《げんいん》が、スイッチ？　しかもそれが具体的《ぐたいてき》になんなのかは、わかってない」

「はい」

答《こた》える七海《ななみ》さんに続《つづ》いて、みんなでうなずく。

楽《がく》さんがランチボックスの紙《かみ》を折《お》りたたんで、ゴミぶくろに放《ほう》った。

「高梨《たかなし》さんなら答《こた》えを知《し》ってるはずだ。涼馬《りょうま》ももちろんだけど、高梨《たかなし》さんも取《と》りもどさなきゃね。このN《エヌ》地区《ちく》山間部《さんかんぶ》が、隠《かく》れ場所《ばしょ》でビンゴでありますよーに」

「その、みんなが目星《めぼし》をつけてる、あやしいって場所《ばしょ》だけど」

彩羽《あやは》さんは窓《まど》ぎわへ歩《ある》いていって、カーテンを開《あ》けた。

外《そと》の寒《さむ》さに、窓《まど》ガラスは白《しろ》くくもってる。

彩羽《あやは》さんがキュキュッとそででガラスをふくと、雪《ゆき》げしょうの山脈《さんみゃく》が見《み》えた。

あたしたちも彼女《かのじょ》のまわりに集《あつ》まって、外《そと》の景色《けしき》をのぞく。

「真《ま》ん中《なか》の山《やま》に、ロープウェイのケーブルがあるでしょ。頂上駅《ちょうじょうえき》が『星空《ほしぞら》テラス』。お祭《まつ》りの夜《よる》会場《かいじょう》はあそこなんだ。昼《ひる》は、ふもと駅《えき》の駐車場《ちゅうしゃじょう》が会場《かいじょう》になる」

そして彼女《かのじょ》の指《ゆび》は、そのまま平行《へいこう》に右《みぎ》へ動《うご》いていく。

「リストの住所《じゅうしょ》にある〝あやしい場所《ばしょ》〟っていうのは、その西《にし》がわ。となりの山《やま》との谷間《たにま》に、登《と》山道《ざんどう》につながる国道《こくどう》が走《はし》ってる。その奥《おく》へ、歩《ある》きなら四十分《ぷん》くらいの地点《ちてん》かな」

うっすらくもる、ガラスのむこう。

あの山《やま》と山《やま》の谷間《たにま》の道《みち》か。

胸《むね》の鼓動《こどう》が速《はや》くなる。

にぎりこんだ拳《こぶし》にも力《ちから》が入《はい》る。
あそこに栗宮代表《くりみやだいひょう》が、そして、**涼馬《りょうま》くんがいるかもしれないんだ……！**

4 N地区《エヌちく》・山岳救助《さんがくきゅうじょ》チーム！

次《つぎ》の日《ひ》の朝《あさ》。

青空《あおぞら》の下《もと》、お祭《まつ》り準備中《じゅんびちゅう》の会場《かいじょう》は、山《やま》の清々《すがすが》しい空気《くうき》でめーっちゃさわやかだ。

広大《こうだい》な会場《かいじょう》には、ずら～り屋台《やたい》やテントが組《く》み立《た》てられて、まるで外国《がいこく》のマーケット。

ステージでは、リハーサル中《ちゅう》の**ブラスバンド隊《たい》**や**ダンスチーム**がわいわいしてる。

すでに、めちゃくちゃ楽《たの》しそうな空気《くうき》だっ。

そしてあたしたちは、訓練服《くんれんふく》すがたで、ずらりと横一列《よこいちれつ》に整列《せいれつ》した。

「N地区《エヌちく》S組《エスぐみ》より七名《めい》、山岳救助《さんがくきゅうじょ》チームへお手伝《てつだ》いに来《き》ました！　よろしくお願《ねが》いします！」

「よろしくお願《ねが》いします！」

楽《がく》さんのあいさつに続《つづ》き、あたしたちはそろって腕《うで》を後《うし》ろに組《く》み、胸《むね》を張《は》る。

オレンジ色《いろ》のスノーウェアを着《き》こんだ隊員《たいいん》さんたちも、「よろしくお願《ねが》いします！」と大《おお》きな声《こえ》で返《かえ》してくれた。

この人《ひと》たちが、山《やま》の救助《きゅうじょ》のプロなんだ……！

山専門《やませんもん》のプロって、中央基地《ちゅうおうきち》の石堂隊長《いしどうたいちょう》みたいな、**いかつい人《ひと》**をイメージしてた。

でも、隊員《たいいん》さんはみんなニコニコ優《やさ》しそうだ。

その中《なか》でも一番《いちばん》かわいい感《かん》じのおじさんが、あたしたちにおじぎする。

「N校S組《エヌこうエスぐみ》のみなさん。いつも彩羽《あやは》と仲《なか》よくしてくれて、ありがとうございます。彩羽《あやは》は無愛想《ぶあいそう》だから、うまくやれてるのかなぁって心配《しんぱい》だったんですよ。でも、みんないいコそうで、安心《あんしん》しちゃいました」

「ちょ、ちょっと**父《とう》さん。**そんなのいいから。はやく、手伝《てつだ》いの内容《ないよう》を説明《せつめい》して」

彩羽《あやは》さんがめずらしくあわてた顔《かお》で、その人《ひと》をひじでこづく。

「え？　えっ？」

あたしは福《ふく》の神《かみ》みたいに眉《まゆ》を下《さ》げたおじさんと、となりの雪国《ゆきぐに》の王子《おうじ》さまを見《み》くらべる。

ぜんぜん似《に》てないけど——、まさか。

「あれ？　聞《き》いてなかったです？　ぼくは黒崎《くろさき》。**彩羽《あやは》のパパです**」

にーっこり笑《わら》われて、あたしとうてなは、**「えええええ!?」**と声《こえ》をあげる。

「……伊地知《いじち》リーダー。父《とう》さんのこと伝《つた》えてなかったの？」

「ビックリしたら、おもしろいかなぁって」

「ほんとビックリしました……っ」

まんまと楽《がく》さんの思《おも》わくどおりだ。

そもそも彩羽《あやは》さんがプロをめざしてるのは、パパさんにあこがれて、同《おな》じ山岳救助《さんがくきゅうじょ》チームに入《はい》りたいからなんだって。

そんな話《はなし》を聞《き》いちゃった黒崎《くろさき》さん（父《ちち》）は、もう顔面《がんめん》がデレデレだ。

「明日《あした》はみんなで楽《たの》しく、盛《も》りあげていきましょーね！」

元気《げんき》いっぱいにガッツポーズをしてみせる。

……なんだけど。

山岳救助《さんがくきゅうじょ》チームの出店《でみせ》は、会場《かいじょう》の一番《いちばん》おくのすみっこで、駅《えき》から二十分《ぷん》くらいかかった。

しかも背後《はいご》はガケ。

目玉《めだま》の特設《とくせつ》ステージは、駅《えき》のほうにある。

「なぁ、マメちゃん。お客《きゃく》さん、わざわざここまで来《き》てくれんのか？」

「う、うん。**場所《ばしょ》が悪《わる》すぎだよね……**」

あたしたちは思《おも》わず、ひそひそ話《ばなし》。

黒崎《くろさき》さんは、隊員《たいいん》さんたちが準備中《じゅんびちゅう》のパネルを指《ゆび》さした。

「毎年《まいとし》こうやって、**防災知識《ぼうさいちしき》の展示《てんじ》**をしてるんですよ」

彼《かれ》ら山岳救助《さんがくきゅうじょ》チームは、登山《とざん》のハイシーズンの春《はる》と秋《あき》は、山小屋《やまごや》にまるまる一、二ヶ月《かげつ》も泊《と》まりこみで、救助要請《きゅうじょようせい》に向《む》かうんだって。

今《いま》は真冬《まふゆ》だから、ふつうにサバイバー基地《きち》にいるんだけど、スキー場《じょう》にロープウェイができてから、冬《ふゆ》でも救助要請《きゅうじょようせい》がひっきりなし。

少《すこ》しでも事故《じこ》を防《ふせ》げれば……って、防災《ぼうさい》まめ知識《ちしき》コーナーを作《つく》ることにしたそうだ。

「でも、ぜんぜん見《み》てもらえないのが悩《なや》みでね。彩羽《あやは》と相談《そうだん》して、今年《ことし》はちょっとハデなパフォーマンスでもやってみようって、決《き》めました」

彼《かれ》はあたしたちをふり向《む》き、真後《まうし》ろのガケを、満面《まんめん》の笑《え》みで指《ゆび》さす。

「というわけで。あそこをみんなで**垂直下降《すいちょくかこう》**してください。S組《エスぐみ》さんならできますよね？」

優《やさ》しい顔《かお》して、なんてこと。

ビル五階級《かいきゅう》のそそり立《た》つガケと、黒崎《くろさき》さんのにこにこ笑顔《えがお》を、あたしたちは何度《なんど》も見《み》くらべた。


——まぁね。プロのサバイバーのお手伝《てつだ》いってことはさぁ。

ただのお手伝《てつだ》いとはいかないいかなって気《き》は、ちょっとはしてたよ。

垂直下降《すいちょくかこう》の訓練《くんれん》は毎日《まいにち》やってるから、あたしでもなんとかなりそうだ。

けど、雪山用《ゆきやまよう》のグローブはいつものよりぶ厚《あつ》くて、ロープをあつかいづらい。

「彩羽《あやは》。グローブはふだん用《よう》のじゃ、やっぱりズルい？」

千早希《ちさき》さんがハーネス作《づく》りに苦戦《くせん》しながら聞《き》くと、彩羽《あやは》さんは肩《かた》をすくめた。

「雪山《ゆきやま》じゃ、指《ゆび》が凍《こお》ってくさり落《お》ちるかもだけど、それでいいなら？」

「「「「いやでーす」」」」

本校《ほんこう》みんなで声《こえ》をそろえる。

「慣《な》れればできるよ。ほら」

彩羽《あやは》さんは腰《こし》に結《むす》んだロープを、サッとほどき、またサッと**もやい結《むす》び**。

そのあざやかな手《て》つきに、ロープワークが得意《とくい》な七海《ななみ》さんまで、「ほほう」と興味《きょうみ》しんしんでのぞきこむ。

　そもそも、雪山用《ゆきやまよう》の訓練服《くんれんふく》はいつもより厚着《あつぎ》だし、雪《ゆき》の上《うえ》を歩《ある》くだけで転《ころ》んだりハマったり、ふだんの動《うご》きだけで、**何倍《なんばい》もタイヘンだ。**

　いつもは教《おし》えるほうの六年《ねん》が、彩羽《あやは》さんにアレコレ教《おし》えてもらってるのは、なんだか新鮮《しんせん》。

　もちろんあたしとうてなだって、自分《じぶん》たちもついていかなきゃって、必死《ひっし》だ。

　小一時間《こいちじかん》ほどの訓練《くんれん》のあと、プロたちに見《み》てもらって、オーケーが出《で》た。

　黒崎《くろさき》さんは「若《わか》いコがやると華《はな》やかでいいですね～。毎年出《まいとしで》てもらおうかなぁ」って！

　毎年《まいとし》じゃ、さすがにN地区《エヌちく》の生徒《せいと》じゃないってバレちゃうよね。

　その後《あと》は、展示用《てんじよう》にこしらえたかまくらの中《なか》で、お茶《ちゃ》までごちそうになった。

　あたしは紙《かみ》コップをほっぺたにあて、ホーッと一息《ひといき》。

「楽《がく》さんって仮免生《かりめんせい》だから、本校《ほんこう》だとバレちゃうかもって思《おも》ったんですけど。大丈夫《だいじょうぶ》でしたね」

　楽《がく》さんはゴムをくわえて髪《かみ》を後《うし》ろでくくり直《なお》しつつ、首《くび》を横《よこ》にふる。

「んー？　山岳救助《さんがくきゅうじょ》チームは、本校《ほんこう》の生徒《せいと》なんてだれも知《し》らないよ。基地《きち》が集《あつ》まる式《しき》にも出《で》てくるタイプの人《ひと》たちじゃないし、**仮免制《かりめんせい》もない**んだよね」

「へぇーっ、そうなんですか？」

「うん。父《とう》さんたちがスーツを着《き》るような行事《ぎょうじ》に出席《しゅっせき》するのは、アタシも見《み》たことない。いそがしくて、ぜんぶ断《ことわ》ってるみたいだよ。仮免制《かりめんせい》がないのは、山岳救助《さんがくきゅうじょ》は**トクベツな技術《ぎじゅつ》が必要《ひつよう》だからね**」

彩羽《あやは》さんがうなずきながら、千早希《ちさき》さんとナオトさんにも紙《かみ》コップをまわす。

二人《ふたり》はぺこりと頭《あたま》をさげて受《う》けとった。

「海上保安《かいじょうほあん》チームの海《うみ》の上《うえ》もそうだけど、零下何度《れいかなんど》の雪《ゆき》の中《なか》なんて、人間《にんげん》がふつうに生《い》きてられる環境《かんきょう》じゃないわよね」

「食料《しょくりょう》だって見《み》つけられないし、『**場《ば》にあるモノを工夫《くふう》して使《つか》え**』が通用《つうよう》しない世界《せかい》だよ」

「わたしにとって一番《いちばん》の問題《もんだい》は、気温《きおん》が低《ひく》いと、パソコンもタブレットも、一気《いっき》にバッテリーの電池《でんち》がなくなることですね。スマホの位置情報システム《GPS》も、雪山《ゆきやま》ではまともに働《はたら》かな

マメと挑戦《ちょうせん》！

サバイバルクイズ！ 守《しゅ》

寒《さむ》〜い日《ひ》には要注意《ようちゅうい》！
ちょっとの油断《ゆだん》で思《おも》わぬ事故《じこ》に!?
あたしとうてなも転《ころ》びかけたから、
みんなも気《き》をつけて！

問題《もんだい》

雪道《ゆきみち》で転《ころ》びにくい歩《ある》き方《かた》はど〜れだ！

① 一歩《いっぽ》ずつを大《おお》きく、体全体《からだぜんたい》を動《うご》かしながら歩《ある》く！
② いつでも尻《しり》もちがつけるよう、体《からだ》の重心《じゅうしん》を後《うし》ろにおいて歩《ある》く！
③ 靴《くつ》の裏全体《うらぜんたい》を地面《じめん》につけて、すり足《あし》で歩《ある》く！

答《こた》えは次《つぎ》のページ！

い可能性《かのうせい》があります」

「そう。だから山《やま》では〝ビーコン〟っていう専用《せんよう》の機械《きかい》を使《つか》うんだ」

七海《ななみ》さんの話《はなし》に、彩羽《あやは》さんが説明《せつめい》をたしてくれる。

なるほどぉ……、海《うみ》も山《やま》もトクベツな技術《ぎじゅつ》がいるんだな。

まだまだ知《し》らないことがいっぱいだ。

「みんなぁ、**アメの差《さ》しいれだぞぉ！**」

うてなが瞳《ひとみ》をきらきらさせて、かまくらに入《はい》ってきた。

「がんばってたからね。アメくらいしか持《も》ってなくてごめんね」

黒崎《くろさき》さんがひょいっと中《なか》をのぞきこむ。

彩羽《あやは》さんは照《て》れくさそうに、パパさんに小《ちい》さく手《て》をふった。

一人《ひとり》一つずつアメ玉《だま》を受《う》けとりながら、なんだかもう、一仕事《ひとしごと》終《お》えたような気持《きも》ちだけど。

——あたしたちの目的《もくてき》は、**むしろこれからだ**。

「そうだ。このあと遊《あそ》びに出《で》かけるなら、**西登山道《にしとざんどう》**へは入《はい》らないでくださいね」

答《こた》えは③

雪道《ゆきみち》は**体《からだ》の重心《じゅうしん》は前《まえ》に、靴《くつ》の裏全体《うらぜんたい》を地面《じめん》につけ、小《ちい》さくそろそろ歩《ある》く「ペンギン歩《ある》き」**がおすすめだ。白線《はくせん》や、車《くるま》や人《ひと》がたくさん通《とお》るところは、すべりやすいから、要注意《ようちゅうい》！

帽子《ぼうし》や手袋《てぶくろ》は、転《ころ》んだ時《とき》のケガの予防《よぼう》にもなる。え？　寒《さむ》いからコタツにいたい？　うてな、リリコにまたダルダル猫《ねこ》とか言《い》われるぞ……。

黒崎《くろさき》さんの注意《ちゅうい》に、みんなで注目《ちゅうもく》する。

西登山道《にしとざんどう》って、まさに「あやしい」って調《しら》べに行《い》こうと思《おも》ってた場所《ばしょ》だ。

「なにか事故《じこ》でも？　封鎖《ふうさ》されちゃったりしてます？」

楽《がく》さんがしれっと聞《き》いてくれた。

すると黒崎《くろさき》さんは、一瞬《いっしゅん》だけまわりのプロとアイコンタクトを取《と》る。

「いや、入山《にゅうざん》はふつうにできるんですけどね。ほら、あそこは途中《とちゅう》まで車《くるま》も通《とお》れるから。最近《さいきん》、**地元《じもと》の建築業者《けんちくぎょうしゃ》のじゃないトラックがいっぱい通《とお》ってる**みたいなんですよ。雪道《ゆきみち》に慣《な》れてないトラックは危《あぶ》ないから、みんなも気《き》をつけたほうがいいですよ」

はぁいと返事《へんじ》しながら、あたしたちはごくりと息《いき》をのむ。

ますます、あの住所《じゅうしょ》があやしい気《き》がしてきたよ……っ。


タブレットでマップを再確認《さいかくにん》すると、うわさの西登山道《にしとざんどう》は、徒歩《とほ》二十分《ぷん》くらいの地点《ちてん》から、そのまま谷《たに》をぬける本道《ほんどう》と、尾根《おね》を登《のぼ》る山道《やまみち》に分《わ》かれるみたい。

本道《ほんどう》のほうを一時間《じかん》かけて歩《ある》いていくと、山中《さんちゅう》の村《むら》まで出《で》られる。

ダミー会社《がいしゃ》らしき建物《たてもの》がある場所《ばしょ》は、村《むら》へ着《つ》く手《て》まえで、細《ほそ》いわき道《みち》に入《はい》るんだ。

あたしたちは〝村《むら》に遊《あそ》びに行《い》く地元《じもと》のコたち〟っていう設定《せってい》で、私服《しふく》に着《き》がえて再出発《さいしゅっぱつ》した。

上着《うわぎ》のボタンやそで口《ぐち》には、超小型《ちょうこがた》の隠《かく》しカメラをひそませてる。

これで証拠《しょうこ》が撮《と》れれば、中央基地《ちゅうおうきち》に動《うご》いてもらえるはず……！

ただいま午後《ごご》三時《じ》。

今日《きょう》の日没《にちぼつ》は五時半《じはん》ごろだから、まだ時間《じかん》はある。

黒崎《くろさき》さんに「ダメ」って言《い》われたその道《みち》を、クロと彩羽《あやは》さんを先頭《せんとう》に、ぞろぞろ歩《ある》く。

地元《じもと》の人《ひと》もふつうに使《つか》う道《みち》みたいで、自家用車《じかようしゃ》も通《とお》るし、駅《えき》へもどる登山客《とざんきゃく》ともすれちがう。

「黒崎《くろさき》さんの注意《ちゅうい》を聞《き》いたら、ますますそれっぽいよね。地元《じもと》の業者《ぎょうしゃ》じゃないトラックって」

「だよな。クリミヤがこっそり、仮《かり》の研究施設《けんきゅうしせつ》を作《つく》らせたんじゃないか？」

あたしはうてなとならんで、雪《ゆき》をふみしめて歩《ある》く。

車《くるま》のタイヤのあとは、雪《ゆき》がカタくなってて、すべりやすいから要注意《ようちゅうい》！

六年生《ねんせい》たちはおしゃべりを続《つづ》けて、わきあいあいの空気《くうき》を演出《えんしゅつ》してる。

彩羽《あやは》さんが楽《がく》さんをふり向《む》き、急《きゅう》に申《もう》しわけなさそうな顔《かお》をした。

「父《とう》さんたちに現地《げんち》を見《み》てきてもらえばいいんだけど。山岳救助《さんがくきゅうじょ》チームは、アタッカーみたいな

訓練《くんれん》はしてない。だから、父《とう》さんたちには行《い》ってほしくないんだよ。ごめん」

「まさか。彩羽《あやは》ちゃんに協力《きょうりょく》してもらえてるので充分《じゅうぶん》だよ。それにぼくらだって、**自分《じぶん》たちの安全《あんぜん》が最優先《さいゆうせん》**だから。わき道《みち》の入《い》り口《ぐち》をちらっと見《み》てくるくらいで、深追《ふかお》い厳禁《げんきん》。ね、みんな」

みんなでリーダーに「ハーイ」と返事《へんじ》をして、まるで遠足《えんそく》の一団《いちだん》だ。

クロはしっぽをふりながら、勇《いさ》ましく先頭《せんとう》を歩《ある》いてくれる。

「クロってすごく落《お》ちついてますね。カッコいい」

「双葉《ふたば》さん、わかってるな。このコは**災害救助犬《さいがいきゅうじょけん》**なんだ」

「えっ」

あたしは目《め》をしばたたき、あらためて筋肉質《きんにくしつ》な後《うし》ろすがたを見《み》つめる。

災害救助犬《さいがいきゅうじょけん》って、人命救助《じんめいきゅうじょ》をしてくれる犬《いぬ》――だよね？

現場《げんば》で人間《にんげん》のにおいをたどって、「ここにいるよ！」って教《おし》えてくれる……。

「あたし、テレビでしか見《み》たことないですっ。クロがそうなんだっ？」

みんなも「へー！」と声《こえ》を上《あ》げ、クロに大注目《だいちゅうもく》。

彩羽《あやは》さんはこれまでで一番《いちばん》うれしそうに顔《かお》をほころばせ、クロの頭《あたま》をなでた。

「このコの**ハンドラー**は、アタシの父《とう》さんなんだよ」

「ハンドラー？　って、なんだぁ？」

聞《き》きかえしたうてなに、彩羽《あやは》さんはきらっと瞳《ひとみ》を光《ひか》らせる。

「**災害救助犬《さいがいきゅうじょけん》の訓練士《くんれんし》**のことだ。現場《げんば》にもいっしょに行《い》く、一心同体《いっしんどうたい》の相方《バディ》だね。じつは、アタシの**秋合宿《あきがっしゅく》のごほうび**は、そこに使《つか》ったんだ」

「あっ、ごほうび、なににしたんだろうって思《おも》ってたんです！」

あたしはシュバッと手《て》をあげる。

「アタシのごほうびは『**山岳救助《さんがくきゅうじょ》チームに、救助犬《きゅうじょけん》を増《ふ》やして**』だ。おかげで、クロのほかにも、救助犬《きゅうじょけん》を育《そだ》てられるようになったんだよ。アタシの〝未来《みらい》の相方《バディ》〟になってくれるコをね。アタシの将来《しょうらい》の夢《ゆめ》は、**このN《エヌ》地区《ちく》の山《やま》を守《まも》る、救助犬《きゅうじょけん》のハンドラー**だから」

山《やま》の尾根《おね》を見上《みあ》げた彼女《かのじょ》は、雪《ゆき》の真《ま》っ白《しろ》な色《いろ》と同《おな》じ、清々《すがすが》しい横顔《よこがお》だ。

未来《みらい》を見《み》つめて、カクゴが決《き》まってる人《ひと》の顔《かお》。

合宿《がっしゅく》のとき無口《むくち》だったのがウソみたいに、生《い》き生《い》きして見《み》える。

この山《やま》が、この人《ひと》が一番輝《いちばんかがや》く、活《かっ》やくの場《ば》なんだ。

……あたしは、涼馬《りょうま》くんの横顔《よこがお》を思《おも》い出《だ》してしまった。

現場《げんば》でアタッカーリーダーとして動《うご》きまわってたときの彼《かれ》は、こんな顔《かお》をしてたと思《おも》う。

どうして、**「ほかにも道《みち》があるのに、責任感《せきにんかん》でやってるのかも」**なんて考《かんが》えちゃったんだろう。

涼馬《りょうま》くんは現場《げんば》で輝《かがや》いて、ちゃんとしっかりサバイバーの顔《かお》をしてたのに。

あたし、**「涼馬《りょうま》くんの相方《バディ》をめざしたい」**って気持《きも》ちも、伝《つた》えそこなってるんだよな……。

抱《かか》えたままの言葉《ことば》が、重《おも》たい石《いし》みたいに胸《むね》の底《そこ》にしずんでる。


「――彩羽《あやは》さん、質問《しつもん》をよいでしょうか」

七海《ななみ》さんがまっすぐに手《て》をあげた。

「クロさんに涼馬《りょうま》さんのにおいを覚《おぼ》えてもらえば、彼《かれ》を発見《はっけん》できませんか？」

あたしたちはアッと声《こえ》をもらす。

「そ、そうだ。もし涼馬《りょうま》くんのにおいが、〝**あやしい場所《ばしょ》**〟あたりに残《のこ》ってたら、それが『**ここにいる！**』って証拠《しょうこ》になるよね⁉」

そしたらすぐに中央基地《ちゅうおうきち》のプロを呼《よ》んで、奪還作戦《だっかんさくせん》にふみきってもらえる！

だけど、彩羽《あやは》さんはうなりながら首《くび》をひねった。

「どうかな。クロは、人間《にんげん》が雪《ゆき》の下《した》にうまってたって見《み》つけられるよ。でも**警察犬《けいさつけん》とはちがって、特定《とくてい》の人《ひと》を見《み》つける訓練《くんれん》はしていないんだ**」

「じゃあ、涼馬《りょうま》くん一人《ひとり》をさがしてっていうのは、難《むずか》しいんですか……」

しょんぼりするあたしに、彩羽《あやは》さんは肩《かた》をすくめる。

「このコの任務《にんむ》は『生《い》きてる人間《にんげん》』を発見《はっけん》することだから。いちおう試《ため》してみてもいいけどね」

あたしたちはいっせいに自分《じぶん》のポケットやバッグに手《て》をあてた。

だけど、涼馬《りょうま》くんの持《も》ち物《もの》なんて、今《いま》のタイミングじゃ、だれも持《も》ってないや。

それに三ヶ月《かげつ》もたってるんだから、においなんて消《き》えちゃってるよね。

ダメか……って、そろって肩《かた》が落《お》ちた。

「――注意《アテンション》。前方《ぜんぽう》、左《ひだり》サイド三メートルの位置《いち》。目的《もくてき》のわき道《みち》を発見《はっけん》」

楽《がく》さんが笑顔《えがお》のまま、声《こえ》をひそめた。

「監視《かんし》カメラのランプを、わき道《みち》の入《い》り口《ぐち》、木《こ》かげに視認《しにん》しました」

「みんな足《あし》を止《と》めずに、バラバラの方向《ほうこう》を見《み》ながら、ゆっくり通《とお》りすぎて」

了解《ラジャー》、と心《こころ》の中《なか》で応《こた》える。

楽《がく》さんは七海《ななみ》さんと彩羽《あやは》さんと、千早希《ちさき》さんはナオトさんと、にぎやかに笑《わら》いあいながら、わき道《みち》の前《まえ》を通過《つうか》していく。

七海《ななみ》さんがこっちを向《む》いて、「そこ、凍《こお》っててすべりやすいですよ」って、あたしたちに言《い》う。

胸《むね》ボタンのカメラに、門《もん》のあたりを映《うつ》すためだと思《おも》う。

「はーい」と答《こた》えながら、あたしとうてなも、わき道《みち》のまえに差《さ》しかかる。

すぐそこに、涼馬《りょうま》くんや栗宮代表《くりみやだいひょう》がいるかも？

そう考《かんが》えたら、急《きゅう》に、自分《じぶん》の心臓《しんぞう》が**ドクドク**鳴《な》る音《おと》が耳《みみ》に響《ひび》きはじめた。

うてなとおしゃべりしてるのに、おたがいに会話《かいわ》がとっ散《ち》らかる。

「雪《ゆき》が深《ふか》いと、歩《ある》くのもタイヘンだねぇっ」

「うん。きょ、今日《きょう》の夕《ゆう》ごはんって、なんだろなぁ」

ドクン、ドクン、耳《みみ》の裏《うら》で心臓《しんぞう》が脈《みゃく》を打《う》つ。

あたしたちは一生懸命《いっしょうけんめい》おたがいの顔《かお》を見《み》つめながら、歩《ある》き続《つづ》ける。

視界《しかい》の左《ひだり》がわで、森《もり》がとぎれた。

そこに、巨大《きょだい》な門《もん》が、わき道《みち》をふさぐようにそびえ立《た》ってる。

上《うえ》のほうにはトゲトゲの鉄線《てっせん》。

変《へん》なアセまでにじんできた。

顔《かお》の向《む》きを変《か》えないよう、黒目《くろめ》だけを動《うご》かして、道《みち》の奥《おく》をうかがう。

林《はやし》の向《む》こうに、**真四角の白い建てもの**が、突《つ》きだして見《み》えた。

「――――っ！」

直方体《ちょくほうたい》のプレハブ小屋《ごや》！

人工島《じんこうとう》でノドカ兄《にい》がいたところと、すごく似《に》てる……っ。

あたしは完全《かんぜん》に足《あし》が止《と》まった。

あそこに、あの中《なか》に、**ほんとに涼馬《りょうま》くんがいるかもしれない!?**

どうしよう、全身《ぜんしん》があそこに行《い》きたがってる。

涼馬《りょうま》くん、生《い》きてるよねっ？　今《いま》どうなってるの？

まさか栗宮代表《くりみやだいひょう》に、また分裂体《ぶんれつたい》なんて作《つく》らされてないよね……！

あそこに駆《か》けこめば、ぜんぶ明《あき》らかになるかもしれない。

でも、まだ行《い》っちゃダメなの？　あそこに今《いま》、いるかもしれないのに!?

涼馬《りょうま》くんが栗宮代表《くりみやだいひょう》に連《つ》れていかれたときの光景《こうけい》が。

ノドカ兄《にい》にホイッスルを返《かえ》して、ほほ笑《え》んで、あたしに倒《たお》れこんできたときの体《からだ》の重《おも》みが。

今《いま》、ありありとよみがえってくる。

体中《からだじゅう》を血《ち》が駆《か》けめぐり、頭《あたま》の中《なか》が真《ま》っ赤《か》になる。

ぷちっ、ぷちっ。

「ボク思《おも》い出《だ》した！　今日《きょう》の夕《ゆう》ごはん、モツなべだったよなっ」

うてながとつぜん、腕《うで》に抱《だ》きついてきた。

あたしは体《からだ》をビクッとゆらして、目《め》を見開《みひら》いたまま彼女《かのじょ》を見下《みお》ろす。

「早《はや》く行《い》くぞ！　おなかすいたっ」

「う、あ、うんっ。そうだね。おなかすいた！」

あ、危《あぶ》なかった。あたし今《いま》、すごく変《へん》な感《かん》じだった？

「ほらー、二人《ふたり》とも行《い》くよ～」

ふり向《む》いたセンパイたちも、あたしの異変《いへん》に気《き》づいてたのかな。

ホッとした顔《かお》で、あたしたちが追《お》いつくのを待《ま》っててくれた。

5 絶対《ぜったい》に見《み》つけるからね

道《みち》のさきの村《むら》まで出《で》たあたしたちは、そこに一軒《いっけん》きりの「中丸《なかまる》ストア」っていうお店《みせ》で、休《きゅう》けいさせてもらうことにした。

ストーブをかこんで、さっき撮《と》った動画《どうが》を、七海《ななみ》さんのノートパソコンで確認《かくにん》する。

あのトゲトゲつきの門《もん》もプレハブ小屋《ごや》も、しっかり映《うつ》ってた。

お店《みせ》のおじいちゃんは、分《わ》かれ道《みち》の施設《しせつ》については、なにも知《し》らなかった。

山《やま》のふもとには合宿所《がっしゅくじょ》とかもポツポツあるから、まぁ、そういうのだろ、くらいで。

自販機《じはんき》のお茶《ちゃ》でホッと落《お》ちついたあと、あたしたちは今《いま》、また谷間《たにま》の道《みち》をもどってる。

あの門《もん》を通《とお》りすぎた時《とき》は、トラックや人《ひと》の出入《でい》りもなく、しーんとしたままだった。

「楽《がく》さん。さっきのプレハブって**分裂体用《ぶんれつたいよう》の**建物《たてもの》ですよねっ。**ほぼ確定《かくてい》**じゃないですか」

「さっそく中央基地《ちゅうおうきち》に連絡《れんらく》するぞっ」

両《りょう》がわから大《だい》コーフンのあたしとうてなに、楽《がく》さんはあくまで冷静《れいせい》だ。

「プレハブって、すぐ組《く》み立《た》てられるように、素材《そざい》のパターンが決《き》められてるんだよ。つまり、**どこでも似《に》たプレハブ小屋《ごや》は見《み》つかるってこと。**あれで『確定《かくてい》』とは言《い》えないな」

「でも、監視《かんし》カメラがあったり、門《もん》だって**『侵入者《しんにゅうしゃ》は許《ゆる》さない！』**って雰囲気《ふんいき》でしたよ」

「企業《きぎょう》ひみつの多《おお》い会社《かいしゃ》ならば、ふつうにそんなカンジですね」

あたしもうてなも、だまらされちゃった。

後《うし》ろから、千早希《ちさき》さんとナオトさんが肩《かた》をたたいてくる。

「これで終《お》わりじゃないよ。明日《あした》のお祭《まつ》りで、地元《じもと》の人《ひと》と話《はな》すチャンスがある。聞《き》きこみ調査《ちょうさ》は、むしろこれからなんだから」

「そうそ。もっと有力《ゆうりょく》な情報《じょうほう》を集《あつ》めてから、まとめて中央基地《ちゅうおうきち》に報告《ほうこく》しようよ」

表通《おもてどお》りに出《で》ると、駅《えき》に向《む》かうスキー客《きゃく》がたくさん歩《ある》いてる。

ちょうど、お祭《まつ》りのリハーサルも終《お》わった時間《じかん》みたいだ。

ハデな衣装《いしょう》のうえにダウンコートを着《き》た人《ひと》たちが、にぎやかに道《みち》を行《い》く。

あたしは明日《あした》のことを考《かんが》えながら、深《ふか》い雪《ゆき》に足《あし》を取《と》られないように、さくさく、さくさく。

行《い》きかう人《ひと》をぼんやりながめながら歩《ある》いてたら、前《まえ》のほうに、**同《おな》い歳《どし》くらいのコたち**がいる。

地元《じもと》のコっぽいな。

「あのコたちは、さっきの村《むら》がわの学校《がっこう》の生徒《せいと》だよ。見《み》たことあるコがいる」

彩羽《あやは》さんが教《おし》えてくれた。

「星峰学園《せいほうがくえん》っていう、インターナショナルスクールの男子校《だんしこう》なんだ。お祭《まつ》りのプログラムにのってたから、ステージの練習帰《れんしゅうがえ》りじゃないかな」

「そうなんですね。すごく楽《たの》しそうだなって」

彼《かれ》らは歩《ある》きながらこづきあったり、大口《おおぐち》開《あ》けて笑《わら》いあったりしてる。

放課後訓練《ほうかごくんれん》の帰《かえ》り道《みち》を思《おも》い出《だ》しちゃうな。

うてなと**「コンビニ行《い》こ〜」**って話《はな》してたら、涼馬《りょうま》くんや唯《ゆい》ちゃん、健太郎《けんたろう》くん、寮《りょう》のメンバーまでまざってくれて。

寒《さむ》い日《ひ》は中華《ちゅうか》まんやからあげ。暑《あつ》い日《ひ》はアイス。

なんでもない日《ひ》だったはずのあの日《ひ》が、すごく、遠《とお》いむかしみたいに思《おも》えてしまう。

涼馬《りょうま》くんはすぐとなりで、顔《かお》をくしゃっとして笑《わら》ってたんだよ。

ノドカ兄《にい》の話《はなし》をすると、自分《じぶん》までうれしそうに聞《き》いてくれてたんだよ。

……でもあたし、**涼馬《りょうま》くんの話《はなし》を、もっと聞《き》けばよかった。**

S組《エスぐみ》の仲間《なかま》とは、ずっといっしょにいられる気《き》がしてたんだ。

前《まえ》を歩《ある》くあのコたちは、当《あ》たりまえの毎日《まいにち》が、いきなり終《お》わっちゃったことはあるのかな。

夕暮《ゆうぐ》れ色《いろ》にそまった雪《ゆき》のなか、楽《たの》しそうなコたちの背中《せなか》。

あたしたちもS組《エスぐみ》じゃなかったら、今《いま》もあんなふうだった？

ううん。S組《エスぐみ》でプロをめざしてても、分裂体《ぶんれつたい》さえ出《で》てこなかったら、あたしたちはもっと**ふつうにくらせてた。**

涼馬《りょうま》くんもずっとS組《エスぐみ》で、アタッカーリーダーをやっててくれた。

何百回何千回《なんびゃっかいなんぜんかい》、どこをやり直《なお》せばいっしょにいられたんだろうって、考《かんが》え続《つづ》けてる。

ねえ、涼馬《りょうま》くん。**兄《にい》ちゃんを命《いのち》がけでさがし続《つづ》けてくれた人《ひと》が、どうして、兄《にい》ちゃんがもどってきた時《とき》に、入《い》れかわりにいなくなっちゃうの？**

ノドカ兄《にい》も涼馬《りょうま》くんがいないのを知《し》ったら、ショック受《う》けちゃうよ。

あたしたち兄妹《きょうだい》のせいで、……こんなことになっちゃったなんて。

雪《ゆき》の道《みち》のさきに、Y字路《ワイじろ》が見《み》えてきた。

コテージは左《ひだり》の道《みち》。地元小《じもとしょう》のコたちは、駅《えき》への右《みぎ》の道《みち》へ行《い》くみたい。

「明日《あした》のステージ、がんばろーな！」

彼《かれ》らは円陣《えんじん》を組《く》んで、「オーッ！」と声《こえ》を合《あ》わせる。

同《おな》じ正和時代《せいわじだい》に生《い》きてる同《おな》じ世代《せだい》のはずなのに、別世界《べっせかい》にいるみたいだ。

でもさ、天災《てんさい》はだれにでも起《お》きるんだから。

あのコたちだって、どんな経験《けいけん》をしてきたかわかんないよ。

それに分裂体《ぶんれつたい》が日本中《にほんじゅう》で発生《はっせい》してるなら、だれもが巻《ま》きこまれるかもしれないんだ。

……みんなが安心《あんしん》して、ふつうに笑《わら》ってられる世界《せかい》ならよかった。

どうしてあたしたちの世界《せかい》は、こんなにザンコクなんだろう。


ぷち。


頭《あたま》のなかで聞《き》こえた音《おと》に、あたしはパッと手《て》のひらで耳《みみ》をふさいだ。

クロのリードを持《も》ってるうてなは、ずんずん先《さき》へ行《い》っちゃう。

ダメだ、こんなんじゃ。

「涼馬《りょうま》くんを取《と》りもどすまで、しっかりしなきゃ」

一人《ひとり》でつぶやいた、その時《とき》だ。

円陣《えんじん》の中《なか》の一人《ひとり》が、視線《しせん》を感《かん》じたのか、ふいにこっちをふり向《む》いた。

「え」

あたしは凍《こお》りついた。

さらさらのまっすぐな黒《くろ》い髪《かみ》。

横顔《よこがお》の、シュッとしたあごのライン。

見覚《みおぼ》えのあるりんかくに、心臓《しんぞう》がはげしく波打《なみう》った。

――マメッ。注意《アテンション》、ゴー!

ふり向《む》きながらそう言《い》う彼《かれ》の声《こえ》が、勝手《かって》に頭《あたま》のなかに響《ひび》いた。

えっ、あの男子《だんし》、**涼馬《りょうま》く**、

「**シオン!**　明日《あした》マジで来《こ》いよっ?　シオンだけ現地集合《げんちしゅうごう》だから、心配《しんぱい》なんだよな」

彼《かれ》はとなりのコに声《こえ》をかけられて、首《くび》を前《まえ》にもどした。

「了解《りょうかい》。ここまで練習《れんしゅう》しといて、出《で》ないのはさすがにナイって」

シオン……くん？　**涼馬《りょうま》くんじゃ、ない。**

彼《かれ》はほかの男子《だんし》たちと別《わか》れると、そこに停《と》まってた自家用車《じかようしゃ》に乗《の》りこむ。

バンッとドアが閉《し》まって、車《くるま》はすぐに発進《はっしん》した。

家族《かぞく》のおむかえが来《き》てるなら、なおさら涼馬《りょうま》くんじゃない……か。

っていうか、あんなに元気《げんき》で自由《じゆう》にしてるんだったら、あたしたちのとこに還《かえ》ってきてる。

「バカだなぁ、あたし」

涼馬《りょうま》くんのことばっかり考《かんが》えてるから、ちょっと背《せ》かっこうが似《に》てるだけで、これだよ。

学校《がっこう》の帰《かえ》りに、ふつうクラスのセンパイを追《お》いかけちゃって、おどろかれたこともあるんだ。

鼓動《こどう》がなかなか収《おさ》まらなくて、ホイッスルをつかむ。

「マメちゃーんっ？　どしたぁ？」

うてなたちが待《ま》ってる。

「なんでもない！」

あたしはあわてて、みんなのほうへ走《はし》っていった。

「薪《まき》ストーブって初《はじ》めてだけど、**あったかいんだね～**」

「あ～ったかいし、夕《ゆう》ごはんもおいしかったなぁ～」

あたしとうてなはお布団《ふとん》にもぐって、ぽそぽそおしゃべり。

「まだ起《お》きてるのぉ？　はやく寝《ね》なー」

「はーい。おやすみなさぁーい」

総《そう》リーダーに応答《おうとう》したものの、目《め》がさえちゃって、ぜんぜん眠《ねむ》くない。

女子部屋《じょしべや》になった二階《かい》からは、吹《ふ》きぬけのほうへ首《くび》を伸《の》ばせば、下《した》のリビングをのぞけるんだ。

一階《かい》では、センパイたちがＵＮＯ《ウノ》バトル続行中《ぞっこうちゅう》。

クロはストーブまえの特等席《とくとうせき》を陣《じん》どってる。

〝**負《ま》けた人《ひと》からベッド行《い》き**〟っていう戦《たたか》いなんだけど、最初《さいしょ》にあたしが、次《つぎ》にうてなが負《ま》けて、はやく寝《ね》かせたいセンパイたちの計画《けいかく》どおり？

「そういえば、全校《ぜんこう》の**新《しん》リーダー名簿《めいぼ》**が送《おく》られてきたやつ、**本校《ほんこう》だけ空《くう》らん**だったね」

彩羽《あやは》さんが山《やま》にカードをのせる。

新《しん》リーダー……って、新《あたら》しい学年《がくねん》の、次《つぎ》のリーダーの話《はなし》か。

そうだよね。もう二月《がつ》だから、**六年生《ねんせい》があたしたちといてくれるのは、あと一ヶ月《かげつ》ちょっと。**

中等部《ちゅうとうぶ》だって学園内《がくえんない》だけど、午後訓練《ごごくんれん》は別々《べつべつ》になっちゃう。

わかってはいたけど、さびしすぎるなぁ……。

手《て》すりにおでこをくっつけて下《した》をのぞくと、センパイたちはストーブの光《ひかり》に照《て》らされてる。

この優《やさ》しい空気《くうき》の夜《よる》を、なおさら目《め》に焼《や》きつけておきたいよ。

ナオトさんがカードの山《やま》に、**ドロー2《ツー》**を置《お》く。

「新《しん》リーダーさぁ、今《いま》の状況《じょうきょう》だと決《き》めらんなくて、保留《ほりゅう》してもらってるんだよね。でも楽《がく》、さすがに春休《はるやす》みまえには決《き》めろって言《い》われてるんだろ？」

次《つぎ》の楽《がく》さんは、手持《ても》ちカードが二枚増《まいふ》えちゃう～と思《おも》いきや。

またもや**ドロー2《ツー》**で、プラス四枚《まい》をとなりの七海《ななみ》さんに回《まわ》しちゃう。

「うーん、涼馬《りょうま》がもどってこないことにはな。**次期総《じきそう》リーダーは涼馬以外《りょうまいがい》ありえない**って、みんな思《おも》ってるからね。……ぼくも涼馬《りょうま》に、早《はや》めに引《ひ》きついじゃうつもりだったし。それでも、いいかげん『総《そう》リーダー**代理《だいり》**』くらいは決《き》めとけって」

楽《がく》さんの静《しず》かな声《こえ》を聞《き》きながら、あたしはまくらにアゴをしずめた。

代理《だいり》かぁ……。

そんなの考《かんが》えたくもないけど、次《つぎ》の成績上位者《せいせきじょういしゃ》だったら、リリコちゃんになるのかな。

「ボクはリリコなんてやだぞぉっ。毎日《まいにち》が**恐竜怪獣大《きょうりゅうかいじゅうだい》バトル**になる〜！」

二階《かい》からこぶしをふり上《あ》げて訴《うった》えるうてなに、楽《がく》さんたちはアハハと笑《わら》う。

「リリコちゃんも、すごく成長《せいちょう》してるじゃない」

「そうですね。そしてパートリーダーは、『守《しゅ》』は健太郎《けんたろう》さんでほぼ確定《かくてい》でしょうが、『陣《じん》』も迷《まよ》っています。みなさん、上位者《じょういしゃ》はどんぐりの背《せい》くらべ状態《じょうたい》で。分校《ぶんこう》からの転入希望者《てんにゅうきぼうしゃ》もいるようですしね」

七海《ななみ》さんはさらに**ドロー4**《フォー》。

「なんにせよ、涼馬《りょうま》くんがもどってきてから、相談《そうだん》して決《き》めたいよね」

千早希《ちさき》さんまで、さらなる**ドロー4**《フォー》。

そこに彩羽《あやは》さんが**色変《いろが》えカード**で「**赤《あか》**」を指定《してい》。

たまりにたまった十二枚《まい》をとなりへ流《なが》す。

それを受《う》けたナオトさんはニヤッと笑《わら》い、さらに**色変《いろが》えドロー4**《フォー》だ！

「楽《がく》、ごめんなー。次《つぎ》は**黄色《きいろ》**」

「えええええ〜っ？　ナオトォ〜ッ」

回《まわ》りに回《まわ》ってきた取《と》り札《ふだ》、**計《けい》十六枚《まい》！**

楽《がく》さんはソファの背《せ》もたれにズル～ッとすべり落《お》ちた。

あっという間《ま》に七海《ななみ》さんがクリアして、みんな続々《ぞくぞく》と手持《ても》ちカード0《ゼロ》に！

まさかの楽《がく》さんの完敗《かんぱい》だっ。

「「楽《がく》さん、こっちがわへようこそー」」

あたしたちにまで手《て》をふられ、楽《がく》さんはソファの下《した》まで落《お》っこちて、ふてくされる。

「あーあ。かわいいかわいい涼馬《りょうま》がいたら、調子《ちょうし》出《で》たのになー」

「ふふ」

そっと響《ひび》いた笑《わら》い声《ごえ》は、――なんと、**彩羽《あやは》さんっ？**

口《くち》もとにこぶしをあてて、笑《わら》ってる！

「アタシね、本校《ほんこう》のことは好《す》きじゃなかったんだ。もちろん伊地知《いじち》リーダーも」

「なにそれ。もちろんってひどくない？」

楽《がく》さんは彼女《かのじょ》を上目《うわめ》づかいで見上《みあ》げて、苦笑《にがわら》いする。

「見《み》たかんじチャラいから。アタシたち〝**山《やま》の人間《にんげん》**〟は、めだたないところで地道《じみち》に地味《じみ》にって生《い》き方《かた》だから、本校《ほんこう》のエリートなキミたちは、鼻《はな》につくタイプ」

あたしたちは聞《き》き捨《ず》てならず、手《て》すりから身《み》を乗《の》りだした。

「そ、そんなことないですよ！　センパイたちはめっちゃ努力《どりょく》しまくっててスゴいんですっ」

「そーだぞー！」

二階《かい》から反論《はんろん》するあたしとうてなに、彩羽《あやは》さんは目《め》じりを下《さ》げて笑《わら》った。

「もう分《わ》かってる。アタシ、秋合宿《あきがっしゅく》でイメージが変《か》わったんだ。竜巻《たつまき》や熊《くま》への対応《たいおう》は、さすがは本校総《ほんこうそう》リーダーだと思《おも》ったたし、双葉《ふたば》さんを心配《しんぱい》して合宿所《がっしゅくじょ》まで来《き》ちゃったんでしょ？　総《そう》リーダーとアタッカーリーダーが、**そろって女子《じょし》のフリして**」

彩羽《あやは》さんはあったかく笑《わら》って、楽《がく》さんの肩《かた》をたたく。

二人《ふたり》ともあの変装姿《へんそうすがた》で電車《でんしゃ》に乗《の》って、はるばるあたしのために来《き》てくれたんだよね。

めちゃくちゃうれしかったの、一生忘《いっしょうわす》れないよ。

「双葉《ふたば》さんみたいにドロくさくがんばるコもいるみたいだし、本校《ほんこう》に親近感《しんきんかん》がわいたよ。**そういう人《ひと》たちなら信頼《しんらい》できる。**だから今回《こんかい》、父《とう》さんにウソついてでも、協力《きょうりょく》する気《き》になったんだ」

「じゃあ、がんばったかいがあったなぁ。いや楽《たの》しかったけど」

楽《がく》さんも笑《わら》ってソファに座《すわ》りなおした。

あたしはじんわりうれしくなって、まくらに顔《かお》をしずめる。

……そっかぁ。秋合宿《あきがっしゅく》では、彩羽《あやは》さんとほとんど話《はな》すチャンスもなかったけど、いつの間《ま》にか見《み》ててくれてたんだな。

うてなと視線《しせん》をかわしてクスクス笑《わら》いあい、ひさしぶりに、なんだかすごく幸《しあわ》せな気持《きも》ちを思《おも》い出《だ》した。

6 真夜中《まよなか》の恋《こい》バナ!?

楽《がく》さんの大負《おおま》けのあと、全員寝《ぜんいんね》るかってことになり、男子《だんし》は一階《かい》のベッドルームへ。

こっちにはセンパイ女子《じょし》三人《にん》が上《あ》がってきた。

「――で、お泊《と》まり会《かい》の夜《よる》といえば、**恋《こい》バナ**だよね。みんな、好《す》きな人《ひと》はだれ？」

彩羽《あやは》さんは毛布《もうふ》にもぐりながらの、いきなりの一言《ひとこと》。

本校女子《ほんこうじょし》は、「えええ～っ？」とおたがいをうかがいながら、半身《はんみ》を起《お》こす。

合宿《がっしゅく》でも、無人島《むじんとう》や遊園地《ゆうえんち》での強制《きょうせい》キャンプでも、恋《こい》バナの「こ」の字《じ》も出《で》なかったよ。

「彩羽《あやは》さん。**S組《エスぐみ》は恋愛禁止《れんあいきんし》**ですよ？」

七海《ななみ》さんがわざわざ、まくらもとのメガホンを取《と》って言《い》ったとおりだ。

「知《し》ってる。でもそのルールって〝伝統《でんとう》〟だからってだけだ。入学誓約書《にゅうがくせいやくしょ》にはなかったよ」

「それは……、たしかにそうですね。恋愛禁止《れんあいきんし》はS組《エスぐみ》の伝統《でんとう》ですが、**プロの隊則《たいそく》にはのっていません**」

「へ？　そうなんですか？」

首《くび》をかたむけたあたしに、七海《ななみ》さんはしっかりうなずく。

「実際《じっさい》、同《おな》じ基地内《きちない》で結婚《けっこん》したプロもいますね。たとえば、中央基地《ちゅうおうきち》の北村隊長《きたむらたいちょう》もです」

「北村《きたむら》さん!?」

悲鳴《ひめい》みたいな声《こえ》を上《あ》げちゃった。

眉間《みけん》にシワをよせた北村《きたむら》さんの、厳《きび》しい顔《かお》が頭《あたま》に浮《う》かんでくる。

け、結婚《けっこん》してるのも知《し》らなかったけど、基地《きち》に相手《あいて》がいる?

「マメさんが人工島《じんこうとう》に誘《ゆう》かいされた時《とき》、ヘリを操縦《そうじゅう》してくれた方《かた》が、北村《きたむら》さんのパートナーだそうですよ」

「あっ、あの人《ひと》！　壊《こわ》れてナナメになっちゃったプレハブに着陸《ちゃくりく》キメた、あのすんごいサバイバーですよねっ？」

ちらっと見《み》えた操縦士《そうじゅうし》は、サングラスの女性《じょせい》だった。

ひょえええっ、ふ、夫婦《ふうふ》そろってカッコよすぎる。

「つまりは、訓練《くんれん》や現場《げんば》で、ヒイキして迷惑《めいわく》かけなきゃ、**別《べつ》に恋愛《れんあい》してもいいんだ**」

ズバッと言《い》う彩羽《あやは》さんに、あたしたちはアゴが落《お》ちる。

でも、たしかに、そうかもな……？

千早希《ちさき》さんも七海《ななみ》さんも、毛布《もうふ》からカメみたいに頭《あたま》を出《だ》して、それぞれ首《くび》をひねる。

「うーん。完全《かんぜん》に気持《きも》ちをコントロールできんなら問題《もんだい》ないんだろうけどね。わたしは恋《こい》ってしたことないから、どんなふうになっちゃうのか、ぜんぜん想像《そうぞう》つかないなぁ」

「わたしもです。恋愛中《れんあいちゅう》のサバイバーは判断《はんだん》ミスが増加《ぞうか》するのか。統計《とうけい》データがほしいところですね」

「ええ？　本校《ほんこう》S組《エスぐみ》、そんなんでいいの？　青春《せいしゅん》がもったいないよ。今日見《きょうみ》てたとこ、五十嵐《いがらし》さんは**正木《まさき》くん**と仲《なか》よしじゃない。そういう気持《きも》ちはないの？」

彩羽《あやは》さんは千早希《ちさき》さんに話《はなし》をふる。

「わたし？　え〜、考《かんが》えもしなかったな。そりゃナオトは信頼《しんらい》できる仲間《なかま》だよ？　ナオトなら命《いのち》をあずけられるけど。S組《エスぐみ》で恋愛《れんあい》は、こじれたらメンドくさそうでヤダな。ナオトだって、おたがいさまだと思《おも》うよ。——ってか、そう言《い》う彩羽《あやは》はどうなのよ。恋人《こいびと》いるの？」

千早希《ちさき》さんにふり返《かえ》されて、彩羽《あやは》さんはムムッと眉《まゆ》をよせる。

「アタシはクロが恋人《こいびと》だ」

なんの迷《まよ》いもなく即答《そくとう》する彼女《かのじょ》に、あたしまで笑《わら》っちゃった。

「それじゃあ、あたしたちと同《おな》じじゃないですかぁ」

「ボクは恋人《こいびと》なんていなくても、毎日《まいにち》ごはんがおいしいぞ」

うてなの率直《そっちょく》な一言《ひとこと》に、みんなで「だよねぇ」って大笑《おおわら》い。

「……あのさ。アタシ思《おも》うんだ。父《とう》さんたちが真冬《まふゆ》の山《やま》で出動《しゅつどう》するたび、**もう二度《にど》と会《あ》えないかもしれないって**」

彩羽《あやは》さんは静《しず》かに語《かた》る。

ハッとして見《み》つめるあたしたちに、彼女《かのじょ》はちょっと笑《わら》ってみせた。

「**だから楽《たの》しめるときは、めいっぱい楽《たの》しんだほうがいい。**恋《こい》だって、できたら楽《たの》しそうだ」

そうか……って、あたしは納得《なっとく》してしまった。

この人《ひと》は、生死《せいし》ぎりぎりの現場《げんば》が当《あ》たりまえのプロが、家族《かぞく》にいる。

そういう環境《かんきょう》で育《そだ》ってきたからこその、言葉《ことば》なんだ。

そしてあたしだって、それはぜんぜん他人事《ひとごと》じゃない。

涼馬《りょうま》くんに**「バディになりたい」**って言《い》いそこねたまま、こんなことになっちゃってさ。

当《あ》たりまえの毎日《まいにち》があった間《あいだ》に、もっといっぱい伝《つた》えたいことを伝《つた》えておくべきだったとか、もっといっぱいおしゃべりすればよかったとか、学校以外《がっこういがい》の場所《ばしょ》でも、もっと、もっと、いっしょに遊《あそ》べばよかったとか……、後《あと》になって思《おも》ったから。

みんなもたぶん、同《おな》じようなコトを考《かんが》えてる。

しんとなったあと、うてながベッドをまたいで転《ころ》がってきた。

「マメちゃんとリョーマって、実《じつ》は好《す》きとかじゃないのか？」

「そりゃあ大好《だいす》きだよ。……って、ええっ、まさかそっちのほうの意味《いみ》で？」

センパイたちも興味《きょうみ》しんしんで、まくらを抱《だ》いて顔《かお》をよせてくる。

あたしはいっやぁ〜〜〜と言《い》いつつ、いちおうは想像《そうぞう》してみる。

「ないなァ。千早希《ちさき》さんと同《おな》じだよ。涼馬《りょうま》くんだって、まちがいなくないだろうし」

「ふうん？　本校《ほんこう》ってほんとにストイックだね。なぁーんだ」

つまらなそうな彩羽《あやは》さんに続《つづ》き、うてなやセンパイたちまで、「なぁーんだ」って！

「じゃあ、男子《だんし》のほうをからかおっか。ナオトと楽《がく》はどうなのぉー？」

一階《かい》に声《こえ》を投《な》げた千早希《ちさき》さんに、「どーもこーもないですー」って、ナオトさんの返事《へんじ》。

続《つづ》けて、「早《はや》く寝《ね》なさーい」って、楽《がく》さんの声《こえ》も返《かえ》ってくる。

あたしたちは笑《わら》いながら、毛布《もうふ》をかぶりなおした。

うてなと背中《せなか》をくっつけあって目《め》をつぶる。

……そして、分《わ》かれ道《みち》のむこうにあった、あのプレハブのことを考《かんが》える。

涼馬《りょうま》くん、あそこにいるかな。いてほしいな。いますように。

ノドカ兄《にい》の目《め》がさめるまえに、連《つ》れて還《かえ》りたいよ。

水色《みずいろ》とピンクのホイッスルをならべて、今度《こんど》こそちゃんと「ほんとによかった」って言《い》いたい。

彼《かれ》のことを考《かんが》えると、眠《ねむ》れなくなっちゃいそうだ。

「──明日《あした》の星祭《ほしまつ》りだけどさ」

彩羽《あやは》さんが、だれにともなくささやいた。

「夜《よる》の部《ぶ》も、みんなに参加《さんか》してもらいたいな。山頂《さんちょう》のテラスからながめる星空《ほしぞら》は、すっごいよ。

それに、めずらしい星《ほし》が見《み》られるんだ。南《みなみ》の地平線《ちへいせん》、ぎりぎりのところに」

「カノープスですか？　太陽以外《たいよういがい》では、地球《ちきゅう》から見《み》える星々《ほしぼし》の中《なか》で、二番目《ばんめ》に明《あか》るい星《ほし》ですね」

さすがの七海《ななみ》さん、すぐさま答《こた》えが出《で》た。

「当《あ》たり。すごく遠《とお》くて、地平線《ちへいせん》ギリギリに現《あらわ》れる星《ほし》だから、地球《ちきゅう》からだと、明《あか》るいのに見《み》つけづらいんだ。だから『世《よ》の中《なか》が平和《へいわ》な時《とき》しか見《み》られない』なんて伝説《でんせつ》になってる。実《じつ》は、巨大《きょだい》な船《ふね》の星座《せいざ》の一部《いちぶ》でね。カノープスって名前《なまえ》も、船《ふね》を導《みちび》く〝水先案内人《みずさきあんないにん》〟の名前《なまえ》かららしいよ」

「中国《ちゅうごく》では、カノープスを見《み》ると、長生《ながい》きして幸《しあわ》せになれるという伝説《でんせつ》もありますよね」

うてなとあたしはごろんと体《からだ》の向《む》きをかえて、向《む》かいあった。

「平和《へいわ》な時《とき》しか、見《み》られない？」

「しかも見《み》たら長生《ながい》きできるって……、サバイバーの星《ほし》みたいだね」

「アタシもそう思《おも》ってた」

彩羽《あやは》さんはちょっとうれしそうだ。

「けど、地元《じもと》のコたちのお目当《めあ》てはカノープスじゃなくて、〝冬《ふゆ》のダイヤモンド〟なんだ」

「なにそれ？　名前《なまえ》だけでキレイね」

「千早希《ちさき》も探《さが》してみな。そっちは見《み》つけやすいよ。冬《ふゆ》の大三角《だいさんかく》に、ほかの星《ほし》をつなげたら、ダイヤモンドの形《かたち》になる。好《す》きな人《ひと》といっしょに見《み》ると、幸《しあわ》せなカップルになれるんだって。そのジンクスにあやかって、星祭《ほしまつ》りの夜《よる》の部《ぶ》は、告白《こくはく》イベントみたいになっちゃってる」

へぇ〜っとあたしたちはバラバラにうなずく。

ってことは、夜《よる》の部《ぶ》の聞《き》きこみ調査《ちょうさ》は、らぶらぶカップルの中《なか》にツッコんで行《い》くのか。

恋愛《れんあい》にさっぱりウトい本校《ほんこう》S《エス》組《ぐみ》一同《いちどう》、だいじょぶかな。

「まぁ、そういうのはさておき。うちの山《やま》の星空《ほしぞら》は最高《さいこう》だよ。アタシ、よくクロとテラスに登《のぼ》って星《ほし》を見《み》るんだ。そうすると、**人間《にんげん》って、なんてちっぽけなんだろう**って思《おも》う。どんなに装備《そうび》をかためても、訓練《くんれん》して強《つよ》くなっても、自然《しぜん》の気《き》まぐれひとつで、ひょいっとカンタンに命《いのち》を持《も》ってかれる」

彩羽《あやは》さんは低《ひく》い声《こえ》で、ゆったりと語《かた》る。

あたしはまぶたを下《お》ろし、うでなと手《て》をつないで、彼女《かのじょ》の話《はなし》に耳《みみ》をかたむける。

「星空《ほしぞら》の下《した》や、吹雪《ふぶき》のなかにいると、人間《にんげん》の考《かんが》えもおよばない、とてもとても大《おお》きな**なにか**が、アタシたちを包《つつ》んでる……って、そんな気《き》がしてくるんだ。――だからさ。これまで**人間《にんげん》が知《し》らなかったもの**が現《あらわ》れても、アタシは、そういうこともあるんだろうって思《おも》ったよ」

彩羽《あやは》さんが言《い》ってるのは、たぶん、**分裂体《ぶんれつたい》**のことだよね。

分裂体《ぶんれつたい》は……、ほんとに、人間《にんげん》の考《かんが》えもおよばない、コントロールできないものだ。

彩羽《あやは》さんの神秘的《しんぴてき》な話《はなし》を聞《き》いてたら、あたしたちがどうあがいても、どうにもならないような気《き》がしてきて、怖《こわ》くなっちゃった。
また耳《みみ》の奥《おく》に、ぷちぷちする音《おと》が聞《き》こえてきそうだ。
あたしはあったかいうてなの手《て》をにぎりしめ、ゆっくり、ゆっくり眠《ねむ》りに落《お》ちた。

7 星祭《ほしまつ》り、スタート！

断崖絶壁《だんがいぜっぺき》の上《うえ》から、集《あつ》まったお客《きゃく》さんたちの波《なみ》を見下《みお》ろす。

「注意《アテンション》、ゴー！」

黒崎《くろさき》さんの号令《ごうれい》に、いっせいにハーネスを結《むす》び、地面《じめん》にたらしたロープにカラビナを引《ひ》っかける。

「あんな子《こ》どもたちが、こんなとこを下《お》りるの？」

「大丈夫《だいじょうぶ》かしら、ケガしない？」

ハラハラする声《こえ》が聞《き》こえてくる。

お客《きゃく》さんがわを背中《せなか》に、ガケに向《む》かいあった姿勢《しせい》で飛《と》びおりて、下降《かこう》をスタート。

ダンッ、ダンッ、ダンッ。

リズミカルに岩《いわ》はだをけりながら、右手《みぎて》のブレーキもしっかり！

楽《がく》さん、千早希《ちさき》さんと彩羽《あやは》さん、ナオトさんに続《つづ》き、あたしがゴールの雪《ゆき》をふみしめる。

七海《ななみ》さんとうてなも、次々《つぎつぎ》に着地《ちゃくち》した。
よし、ばっちり成功《せいこう》!
ロープをハーネスからはずして、みんなでお客《きゃく》さんのほうをふり返《かえ》る。
すると大《おお》きな歓声《かんせい》が上《あ》がった。
「す、すごい! 速《はや》かったねーっ」
「カッコいい〜!」
集《あつ》まった人《ひと》たちが、目《め》を輝《かがや》かせて、一生懸命《いっしょうけんめい》ハクシュしてくれる。
訓練《くんれん》では歓声《かんせい》をもらえることなんてないから、みんなで照《て》れ笑《わら》いしちゃうよ。
黒崎《くろさき》さんはあたしたちを紹介《しょうかい》したあと、**山《やま》の安全《あんぜん》**についての解説《かいせつ》を始《はじ》めた。
スキー中《ちゅう》にわざとコースの外《そと》へ侵入《しんにゅう》して、なだれに巻《ま》きこまれる人《ひと》がいます、とか。
夜《よる》の部《ぶ》で星空《ほしぞら》テラスに登《のぼ》るときは、絶対《ぜったい》にウッドデッキから出《で》ないように、などなど。
テラスの後《うし》ろから頂上《ちょうじょう》に続《つづ》くガケは、**なだれの頻発地帯《ひんぱつちたい》**なんだって。
ほかにも、滝《たき》を見《み》にいこうとして、川《かわ》に落《お》ちちゃった——なんて事故《じこ》もあったそうだ。
お祭《まつ》りの日《ひ》はテンション上《あ》がっちゃって、ついハメをはずしたくなるもんね。
こういうのって大事《だいじ》だ。

「ちびっこのみんな、将来《しょうらい》はぜひ、山岳救助《さんがくきゅうじょ》チームに入《はい》ってくださいね〜！」

最後《さいご》にちゃっかり勧誘《かんゆう》して、午前《ごぜん》のS組《エスぐみ》パフォーマンスは終了《しゅうりょう》。

あたしたちは「さっきスゴかったわねぇ」なんて、おばちゃんたちに話《はな》しかけられたり、低学《ていがく》年《ねん》のコたちに、ロープの結《むす》び方《かた》を教《おし》えてあげたり。

ほんとに楽《たの》しんじゃってる間《あいだ》に、自由時間《じゆうじかん》がやってきた。

さっそく楽《がく》さんから、設定《せってい》ずみのスマホが配《くば》られる。

「注意《アテンション》。これから聞《き》きこみ調査《ちょうさ》に入《はい》る。お客《きゃく》さんも多《おお》い中《なか》で、危険《きけん》はないと思《おも》うけど、位置情報《いちじょうほう》を共有《きょうゆう》するGPS《ジーピーエス》と、小型《こがた》カメラはつけっぱなし。まめにスマホ連絡《れんらく》ね。オーケー？」

「「「「了解《ラジャー》！」」」」

いよいよ、待《ま》ちに待《ま》った調査《ちょうさ》の時間《じかん》だ！

あたしたちは背《せ》すじを伸《の》ばし、いざ、〝現場《げんば》〟に向《む》かった。


「会場《かいじょう》で友《とも》だちを見失《みうしな》っちゃったんです。この人《ひと》、どこかで見《み》ませんでしたか？」

「こっちのおばあちゃんもなんだっ。こっちはどうだ？」

「見《み》ないねぇ」

スマホの画面《がめん》に表示《ひょうじ》したのは、S組合同運動会《エスぐみごうどううんどうかい》の日《ひ》に撮《と》った涼馬《りょうま》くんの写真《しゃしん》と、七海《ななみ》さんがネットで拾《ひろ》ってきてくれた、栗宮代表の写真《くりみやだいひょうのしゃしん》。

三十組目《くみめ》の空《から》ぶりに、あたしとうてなは肩《かた》を落《お》とす。

ほかのみんなからも連絡《れんらく》がないってことは、成果《せいか》ナシなんだよね。

屋台《やたい》のあたりはにぎやかなお客《きゃく》さんで、まるでA地区《エーちく》のスクランブル交差点《こうさてん》だ。

人手《ひとで》は多《おお》いのに、なかなか当《あ》たらないなぁ。

本当《ほんとう》に涼馬《りょうま》くんたちがここにいるかすら、あやしいんだけどさ。

「マメちゃん、おなかへってきたよなぁ」

「もうお昼《ひる》かぁ。あたしは聞《き》きこみ続《つづ》けてていい？　うてなは食《た》べてきなよ」

午後《ごご》のパフォーマンスは一時《じ》からだ。

十五分《ふん》まえには集合《しゅうごう》だから、それまでに一人《ひとり》でも多《おお》くの人《ひと》に当《あ》たっておきたい。

だけどうてなは、ム～ッとほっぺたをふくらませた。

「マメちゃん、最近《さいきん》あんま食《た》べないよなー。サバイバーは体《からだ》が資本《しほん》なんだぞっ。ボクが屋台《やたい》でなんか買《か》ってくるから、調査《ちょうさ》しながら待《ま》っててーー、ん？」

「んん？」

下《した》から手《て》を引《ひ》っぱられて、うてなとあたしは、同時《どうじ》に視線《しせん》をさげた。

「もえのおねえちゃん、どこぉ」

見知《みし》らぬちびっこの、うるうる眼《まなこ》に、への字《じ》の口《くち》。

アゴにもぎゅっと力《ちから》が入《はい》って梅干《うめぼ》しができてる。


「迷子《まいご》だ」


時間《じかん》の有効活用《ゆうこうかつよう》のため、あたしたちは手分《てわ》けした。

うてなは屋台《やたい》に昼《ひる》ごはんの買《か》い出《だ》しへ。

あたしは迷子《まいご》の「**もえちゃん**」を、お祭《まつ》り本部《ほんぶ》の迷子《まいご》センターまで連《つ》れていったんだ。

もえちゃんは、人《ひと》ごみの中《なか》で、お姉《ねえ》ちゃんとはぐれちゃったんだって。

優《やさ》しそうなスタッフさんにバトンタッチして、あたしは撤収《てっしゅう》させてもらった。

バイバイって手《て》をふった時《とき》の、もえちゃんのまだ心細《こころぼそ》そうな顔《かお》が、頭《あたま》を離《はな》れない。

「すぐ、むかえに来《き》てくれるといいんだけどなぁ」

後《うし》ろ髪《がみ》ひかれながら、うてなと合流《ごうりゅう》するテーブルコーナーをめざす。

ステージのほうからは、元気《げんき》な曲《きょく》が大音量《だいおんりょう》で流《なが》れてくる。

町《まち》でよく聞《き》く、〝H&Y《エイチアンドワイ》〟っていう男子《だんし》ユニットアイドルの曲《きょく》だ。

大《おお》まわりして通《とお》りすぎようとしたところで、キャーッと黄色《きいろ》い声《こえ》が上《あ》がった。

ステージの上《うえ》には、**ブレザーの制服《せいふく》すがたの男子《だんし》たち**。

あっ、あのコたち、きのう見《み》かけた**「星峰学園《せいほうがくえん》」**の生徒《せいと》かな。

二人《ふたり》がマイクを持《も》って歌《うた》ってて、後《うし》ろの八人《にん》はバックダンスで盛《も》りあげてる。

「カッコいいなぁ」

よっぽど練習《れんしゅう》したのか、きれっきれの動《うご》きがそろってる。

そして笑顔《えがお》がめちゃくちゃ楽《たの》しそう。

お客《きゃく》さんは手作《てづく》りのうちわやペンライトをふって、本格的《ほんかくてき》だ。

あたしはきらびやかなステージを、遠《とお》くにながめながら歩《ある》いていく。

そしてふと、一番後《いちばんうし》ろのすみっこにいる、**バックダンサーのコ**に目《め》がとまった。

ひときわ動《うご》きがきれいだ。

体幹《たいかん》の筋肉《きんにく》がしっかりしてるんだろうな、って思《おも》っただけなんだけど。

ステップをふむ動《うご》きに合《あ》わせて、黒髪《くろかみ》の長《なが》い前髪《まえがみ》がゆれる。

下《した》に隠《かく》れた赤茶《あかちゃ》の瞳《ひとみ》が、スポットライトに照《て》らされて、きらっと光《ひか》る。

「え……っ？」

あたしは彼《かれ》の顔《かお》に、ごくりとノドを鳴《な》らした。

ボーカルのコが歌《うた》いながら近《ちか》づいていって、彼《かれ》にマイクを向《む》ける。

すると客席《きゃくせき》のほうから、ひときわ大《おお》きな歓声《かんせい》が上《あ》がる。

だけどその男子《だんし》は首《くび》を横《よこ》にふり、歌《うた》は拒否《きょひ》。

こぶしを打《う》ちつけあって、苦笑《にがわら》いでボーカルを見送《みおく》った。

あたしは胸《むね》のホイッスルをつかんだ。

どっ、どっ、どっと、心臓《しんぞう》が、すごい音《おと》をたてる。

「りょうま、くん？」

もうすぐ曲《きょく》が終《お》わりそうだ。

ダンサーのコたちが次々《つぎつぎ》と側転《そくてん》やバクテンを決《き》めはじめる。

あたしが凝視《ぎょうし》するその男子《だんし》も、床《ゆか》に手《て》をつけずに、軽々《かるがる》とバク宙《ちゅう》した。

あれ、涼馬《りょうま》くん……だよね!?

伸《の》びた髪《かみ》を編《あ》みこんでて、印象《いんしょう》ちがうけど。

でも、でも、**あの顔《かお》っ。あの瞳《ひとみ》――っ！**

曲《きょく》の最後《さいご》のフレーズと同時《どうじ》に、みんなそろってバンッと指《ゆび》ピストル。

あざとく首《くび》をかしげたポーズで客席《きゃくせき》に笑《わら》いかけて、終了《しゅうりょう》。

メンバーの中《なか》で、「彼《かれ》」だけは照《て》れくさそうだ。

大歓声《だいかんせい》のなか、彼《かれ》らは横一列《よこいちれつ》でおじぎをして、手《て》をふりながら退場《たいじょう》していく。

その男子《だんし》は友《とも》だちに後《うし》ろから抱《だ》きつかれて、ちょっと笑《わら》う。

……あたし知《し》ってるよ。あの笑顔《えがお》。

あたしやうてなにジャレつかれて、こっそり笑《わら》ってるときと同《おな》じじゃん……！

「涼馬《りょうま》くん、なんであんなトコにいるの……!?」

あたしはメンバーが引《ひ》っこんでいった方《ほう》へ目《め》をやる。

今《いま》、ステージの左《ひだり》、下手《しもて》のほうへ行《い》った。

あっちから出《で》てくるっ？

「りょ、**涼馬《りょうま》くん！**」

あたしは無我夢中《むがむちゅう》でお客《きゃく》さんの波《なみ》を割《わ》り、「ごめんなさい、すみません！」とあやまりながら、バックヤードへの最短《さいたん》キョリを駆《か》ける。

きのう見《み》かけた、後《うし》ろすがたが似《に》てたあのコ、やっぱり涼馬《りょうま》くんだったのっ？

生死《せいし》すらもあやふやで、生《い》きてたとしても、栗宮代表《くりみやだいひょう》に捕《つか》まってると思《おも》ってたのに……っ。

な、なに？　現実《げんじつ》？　あたしマボロシでも見《み》てる？

あたしは人《ひと》をかきわけ、テントの前《まえ》にたどり着《つ》く。

そして、ステージから下《お》りる階段《かいだん》のところに、**さっきの制服《せいふく》の一団《いちだん》を発見《はっけん》した！**

8　はずれっぱなしのカード

「おつかれー！　すっげぇよ！　すっげーカッコよかったぁ～っ！」
ステージから下《お》りてきたばかりのメンバーをかこんで、興奮《こうふん》した声《こえ》が飛《と》びかってる。
その中《なか》へ、あたしは速度《そくど》をゆるめずに突入《とつにゅう》した。
いきなり飛《と》びこんできた他校《たこう》の女子《じょし》に、みんないっせいに視線《しせん》をよこす。
あたしはそれにもかまわず、彼《かれ》らを見《み》まわす。
そして、やっぱり、**いた！**
アセではりついた髪《かみ》をばさっとふってる――、
「涼馬《りょうま》くん！」
あたしのひしゃげた声《こえ》のさけびに、星峰小《せいほうしょう》のコたちはギョッとする。
涼馬《りょうま》くん自身《じしん》も、まじまじとあたしを見《み》た。
赤茶《あかちゃ》の瞳《ひとみ》と視線《しせん》がぶつかった。

涼馬《りょうま》くんだっ。ほんとに涼馬《りょうま》くんじゃん！

みんな、いたよっ。こんなとこで元気《げんき》にしてたよ。

ちゃんと生《い》きてる！

彼《かれ》の口《くち》が「マメ」って名前《なまえ》を呼《よ》んでくれるのを、あたしは肩《かた》で息《いき》をしながら待《ま》つ。


「……リョウマ？　**ぼくのこと？**」


だけど、そのくちびるからこぼれたのは、あたしが思《おも》ってたのとは、ぜんぜんちがう言葉《ことば》だ。

涼馬《りょうま》くんはあたしを見《み》つめたまま、眉《まゆ》をひそめてる。

「**えっ？**」

バクバクとすごい音《おと》で鳴《な》ってた心臓《しんぞう》が、スッと冷《ひ》えた。

彼《かれ》は申《もう》しわけなさそうに眉《まゆ》を下《さ》げる。

「**人《ひと》ちがい**だと思《おも》うけど」

「ひ、人《ひと》ちがい？　でも、」

近《ちか》くで見《み》たって、涼馬《りょうま》くんだよ。

たしかに髪《かみ》は伸《の》びたけど、会《あ》えなかった三ヶ月分《かげつぶん》でしょ？

「シオンの知《し》りあい？」

いっしょにおどってたメンバーに言《い》われて、涼馬《りょうま》くんは小《ちい》さく首《くび》を横《よこ》にふる。

「いや、初対面《しょたいめん》」

「涼馬《りょうま》くんじゃなくて、**シ、オ、ン、く、ん、……？**」

震《ふる》える声《こえ》で聞《き》くあたしに、彼《かれ》はけげんそうにうなずく。

あたしはみるみる自信《じしん》がなくなってしまった。

こんな似《に》てるのに、ちがう人《ひと》だった？

他人《たにん》のそら似《に》？　実《じつ》は親《しん》せきだとか？

でもさ。栗宮代表《くりみやだいひょう》が隠《かく》れてるかもってうたがってる場所《ばしょ》に、ぐうぜん、涼馬《りょうま》くんのそっくりさんがいるなんてありえる？

あっ。もしかして、近《ちか》くに栗宮代表《くりみやだいひょう》の私兵《しへい》がいるから、**わざと他人《たにん》の演技《えんぎ》をしてる？**

周囲《しゅうい》をババッと確認《かくにん》するけど、あやしげな人《ひと》は見当《みあ》たらない。

むしろ星峰小《せいほうしょう》のコたちがあたしを見《み》る目《め》が、不審《ふしん》げになっていく。

だけど、涼馬《りょうま》くんが盗聴器《とうちょうき》をつけられてて、ヘタなことを話《はな》せない可能性《かのうせい》もあるよね。

もう「涼馬《りょうま》くん」って呼《よ》びかけちゃった後《あと》で、アウトかもしれないけど、あたしも調子《ちょうし》を合《あ》わせたほうがいいのかな。

声《こえ》を出《だ》さずに会話《かいわ》する方法《ほうほう》はないかって考《かんが》えて、涼馬《りょうま》くんの手《て》をパッと取《と》った。

「えっ」

ビックリされたのもスルーして、あたしは彼《かれ》の手《て》のひらに人《ひと》さし指《ゆび》と中指《なかゆび》を打《う》ちつける。

トントンツートンツー・ツートントントン・ツーツートン……

モールス信号《しんごう》っていう、短《みじか》いのと長《なが》い信号《しんごう》との組《く》み合《あ》わせで作《つく》る通信方法《つうしんほうほう》だ。

人工島《じんこうとう》から脱出《だっしゅつ》するとき、プロが灯台《とうだい》の光《ひかり》を使《つか》って、モールス信号《しんごう》のSOS《エスオーエス》を送《おく》ってた。

あたしは人《ひと》さし指《ゆび》を「トン」、中指《なかゆび》を「ツー」のかわりにして、彼《かれ》に信号《しんごう》を打《う》つ。

――ミ・ハ・リ、イ・ル・カ
涼馬《りょうま》くんなら分《わ》かってくれるはず！

打《う》ち終《お》わってバッと顔《かお》を上《あ》げた。

「な、なに？　どうしたの？」

そしたら……、ものすごくとまどった顔《かお》で、見下《みお》ろされてた。

同時《どうじ》に気《き》づいてしまった。

彼《かれ》の手首《てくび》に、みんなでおそろいのブレスレットがない。

「……あ、ご、ごめん。友《とも》だちとのあいだで通《つう》じる、合図《あいず》みたいなので……」

あたしは彼《かれ》の手《て》をはなし、足《あし》を引《ひ》く。

あらためて彼《かれ》の目《め》を見《み》て、胸《むね》に苦《にが》いものが広《ひろ》がった。

本気《ほんき》でこまりきってる表情《ひょうじょう》は、「仲間《なかま》」に対《たい》するそれじゃない。

もし本物《ほんもの》の涼馬《りょうま》くんだったら、いくら演技《えんぎ》だったとしても、あんな別《わか》れかたをした仲間《なかま》に、こんな、まっさらの他人《たにん》を見《み》るような目《め》は向《む》けないよ……。

「まさかナンパか？　シオン、すっげ〜っ」

集《あつ》まってた男子《だんし》たちが、さわぎだした。

「**星祭《ほしまつ》りのステージに出《で》るとモテる**って話《はなし》、ほんとだったんだなー！」

仲間《なかま》にからかわれて、そのシオンくんは、カ〜ッと赤《あか》くなっていく。

「ちょっと、マジでやめろってば」

「夜《よる》の星祭《ほしまつ》り、さそっちゃえよ」

「だから、そういうのじゃないだろ」

「勇気出《ゆうきだ》せって！」

みんなでワチャワチャするうちに、彼《かれ》も「おまえらな〜っ」って笑《わら》いはじめた。

やっぱり、涼馬《りょうま》くんじゃない……？

すごく似《に》てるのに、この人《ひと》はふつうに照《て》れて、ふつうに明《あか》るく笑《わら》っている。

笑顔《えがお》を隠《かく》しもしない。

S組《エスぐみ》の塩鬼《しおおに》リーダーは、「リーダーだから、ユルい態度《たいど》を見《み》せられない」って思《おも》ってるのか、うつむいて、こっそり笑《わら》うことが多《おお》かった。

シオンくんはしゃべり方《かた》にもオトナっぽさがないし、表情《ひょうじょう》も、涼馬《りょうま》くんとはぜんぜんちがう。

アタッカーリーダーの自信《じしん》に満《み》ちた顔《かお》つきとか、カクゴの決《き》まった瞳《ひとみ》の光《ひかり》とか、ふいににじむ哀《かな》しい色《いろ》とか、……そういうのが、ない。

ほんとにただふつうに、キラキラしてる男《おとこ》の子《こ》……ってかんじだ。

七海《ななみ》さんが、星峰学園《せいほうがくえん》は男子校《だんしこう》だとか言《い》ってた。

ダンスチームのコたちも、まわりをかこむコたちも、みんな男子《だんし》だ。

だけど輪《わ》の外《そと》には、ステージを観《み》て集《あつ》まってきたらしい女子《じょし》が、自分《じぶん》たちも話《はな》しかけたそうにこっちをうかがってる。

「ご、ごめんなさい。わたし、まちがっちゃったみたい」

ふらりと一歩下《いっぽさ》がった。

逆《ぎゃく》に、彼《かれ》の仲間《なかま》が満面《まんめん》の笑《え》みで、あたしに近《ちか》づいてくる。

「観光客《かんこうきゃく》でしょ？　ここらへんのコじゃない雰囲気《ふんいき》だもん」

「一人《ひとり》で来《き》てんの？」

「あれ、なんか顔色《かおいろ》真《ま》っ青《さお》だけど、どうしたん」

あたしは立《た》ちつくしたまま、なにを言《い》うべきか分《わ》からない。

すると、目《め》のまえにカゲがさした。

「具合《ぐあい》わるい？」

シ、シ、シオンくんがのぞきこんでくる。

涼馬《りょうま》くんと同《おな》じ顔《かお》の、でも、**決定的《けっていてき》にちがう表情《ひょうじょう》**がすぐそこにせまって、あたしは、心臓《しんぞう》がリアルにずきっと痛《いた》んだ。

こんなの、**ヒドすぎない？**

涼馬《りょうま》くんが生《い》きてたって喜《よろこ》んだのに、めちゃくちゃうれしかったのに、ベツの人《ひと》だったなんて。

「ご、ごめん。ちょっと、あの……、人《ひと》ごみに酔《よ》ったのかな」

考《かんが》えなきゃいけないことは、たぶん、すごくあると思《おも》う。

だけど頭《あたま》がまっしろになっちゃって、ホントに足《あし》もとがふらふらする。

ぷちぷち、小《ちい》さな音《おと》が耳《みみ》に響《ひび》く。

「すぐそこに、救護室《きゅうごしつ》があるよ。そこまで行《い》けそう？」

シオンくんがあたしの肩《かた》を支《ささ》え、涼馬《りょうま》くんとそっくりの声《こえ》で、そう言《い》ってくれた。


救護室《きゅうごしつ》に行《い》くほどじゃないって断《ことわ》ったら、ステージ裏《うら》のベンチまで連《つ》れてきてくれた。

ほかの男子《だんし》たちもついて来《こ》ようとしたんだけど、シオンくんは「みんなうっせーからダメ。体《たい》調悪《ちょうわる》いのにかわいそうだろ」って、一人《ひとり》だけでつきそってくれたんだ。

このあたりのベンチの場所《ばしょ》まで知《し》ってるんだから、ほんとに地元《じもと》のコなんだ……。

涼馬《りょうま》くんじゃ、ない。

「**マミ**ちゃん、だっけ。水飲《みずの》めそう？」

ちがう人《ひと》だって分《わ》かったのに、あたしはまだ希望《きぼう》を捨《す》てきれない。

だから盗聴《とうちょう》されてる可能性《かのうせい》を考《かんが》えて、豪華客船《ごうかきゃくせん》で使《つか》ったウソの名前《なまえ》を伝《つた》えた。

彼《かれ》はそのまま、あたしを「**マミ**」って名前《なまえ》で呼《よ》ぶ。

ペットボトルをさし出《だ》されて、あたしはまたジッと顔《かお》を見《み》つめてしまう。

他人《たにん》だって言《い》われてみたら、涼馬《りょうま》くんよりは、少《すこ》し体《からだ》の線《せん》が細《ほそ》いかも。

それに背《せ》も高《たか》い？

でも成長期《せいちょうき》なんだから、三ケ月《かげつ》で伸《の》びててもおかしくないかな。

あたしがまだボウッとしてるのを見《み》て、彼《かれ》はふたを開《あ》けてから、ボトルを持《も》たせてくれた。

「……ステージが終《お》わったとこだったのに、ごめんね」

「いや、たのまれてたコトは片《かた》づいたから。みんなこの後《あと》、星空《ほしぞら》テラスにいっしょにいってくれるコを見《み》つけようぜーとか言《い》ってて。逆《ぎゃく》に助《たす》かったんだ」

シオンくんは笑《わら》って、ジュースをあおる。

横顔《よこがお》を観察《かんさつ》してたら、彼《かれ》の耳《みみ》たぶに、**小**さな**ピアス**を見《み》つけちゃった。

シンプルなひし形《がた》の、銀《ぎん》のやつ。

こういうのも、涼馬《りょうま》くんなら「任務中《にんむちゅう》にジャマだ」とか言《い》って、絶対《ぜったい》につけないよね。

さっきのダンスステージだって、まわりにさそわれてしかたなく……感《かん》はあったけど、本物《ほんもの》の涼馬《りょうま》くんなら、「**やらない**」ってスッパリ断《ことわ》るよ。

……考《かんが》えてみたら、涼馬《りょうま》くんが回復《かいふく》してたら、まっさきにあたしたちのもとへ還《かえ》ってくる。

こんなふうにダンスできるほど元気《げんき》で、学校《がっこう》に通《かよ》えるような状況《じょうきょう》なら、まちがいなく。

「あの、あたし、この人《ひと》をさがしてるんだ。会場《かいじょう》で見失《みうしな》っちゃって」

三十一回目《かいめ》のセリフとともに写真《しゃしん》を見《み》せると、シオンくんは「わっ」と声《こえ》を上《あ》げた。

「すごい、ホントに似《に》てるかも。これじゃ、まちがってもしょうがないや。はぐれた友《とも》だちが急《きゅう》にステージにいたら、そりゃビックリするよね」

あたしはギシギシとうなずく。

「シオンくんって、何年生《なんねんせい》？」

「六年《ねん》だよ」

学年《がくねん》も上《うえ》だ。**ほんとにベツの人《ひと》なんだ。**

期待《きたい》とはちがう情報《じょうほう》を突《つ》きつけられるたび、そのカードで斬《き》りつけられたみたいに、胸《むね》が痛《いた》い。

「ちょっと落《お》ちついた？」

「……うん。ありがとう」

あたしはくちびるの両《りょう》ハシを、しっかり持《も》ち上《あ》げてみせる。

「一人《ひとり》で来《き》てるワケじゃないよね？　友《とも》だちがいるなら、さがして来《こ》ようか？」

「大丈夫《だいじょうぶ》、スマホ持《も》ってるから。あたし、迷子《まいご》をセンターに送《おく》ってきたところだったの。〝もえちゃん〟っていう幼稚園《ようちえん》くらいの女《おんな》の子《こ》なんだけど、もしかして知《し》ってる？」

地元《じもと》ならもしかしてって思《おも》ったら、シオンくんは本当《ほんとう》に瞳《ひとみ》を大《おお》きくした。

「――萌《もえ》？　中丸《なかまる》ストアの萌《もえ》かな」

あたしのほうも、どこかで聞《き》いたことのあるお店《みせ》の名前《なまえ》に、きょとんとする。

「中丸《なかまる》ストアって、登山道《とざんどう》のさきの村《むら》にある？」

「え？　あんなとこよく知《し》ってるね。観光客《かんこうきゃく》でしょ？」

「知《し》りあいが住《す》んでるんだ。それできのう、中丸《なかまる》ストアで休《きゅう》けいさせてもらったの」

「ああ、そうなんだ。あの村《むら》、ほんとになんにもなかったでしょ。ぼくもよく行《い》くよ。町《まち》に制服《せいふく》で寄《よ》り道《みち》は禁止《きんし》だけど、村《むら》ならいいだろって。校則《こうそく》のスキをついてさ」

シオンくんはいたずらっぽく笑《わら》う。

その笑顔《えがお》の明《あか》るさに、あたしは目《め》がチカチカしてしまう。

「萌《もえ》、まだ迷子《まいご》センターにいるかな。中丸《なかまる》ストアは萌《もえ》のおじいちゃんの家《いえ》で、萌《もえ》んちは、すぐそこの町《まち》のほうなんだ。ぼくが家《いえ》まで送《おく》ってあげようかな」

シオンくんは、奥《おく》の村《むら》にも、ゲレンデがわの町《まち》にもくわしいんだ。

じゃあ、プレハブ施設《しせつ》のことも、なにか知《し》ってるかな。

「あっ、あたしも行《い》っていいっ？」

聞《き》きこみもしたいし、それに……、彼《かれ》とこのまま別《わか》れちゃうのはダメな気《き》がして。

「マミちゃんも？」

びっくり顔《がお》で目《め》を瞬《またた》く彼《かれ》に、あたしは大《おお》きくうなずいた。

9
迷子《まいご》の萌《もえ》ちゃんとシオンくん

迷子《まいご》センターに現《あらわ》れたシオンくんに、萌《もえ》ちゃんは大喜《おおよろこ》び。

彼女《かのじょ》は放課後《ほうかご》、おじいちゃんのお店《みせ》にあずけられてるんだって。

それで、よく遊《あそ》びにくるシオンくんたちと仲《なか》よくなったそうだ。

スタッフさんには、「お姉《ねえ》ちゃんがむかえに来《き》たら、先《さき》に家《いえ》に送《おく》ったって伝《つた》えてください」とたのんで、さっそく町《まち》の萌《もえ》ちゃんちに向《む》かった。

S組《エスぐみ》のみんなには、「地元《じもと》のコと知《し》りあいになれたので、町《まち》で聞《き》きこみしてきます」ってメッセージを入《い》れておいた。

涼馬《りょうま》くんとそっくりな別人《べつじん》と知《し》りあった――なんて、どう説明《せつめい》すればいいか分《わ》かんなくて。

ひとまずお茶《ちゃ》をにごしちゃった。

楽《がく》さんからは、「午後《ごご》のパフォーマンスは出《で》なくていいから、そっちをたのむ」って。

うてなは「うどんがのびるぞ！」ってショックを受《う》けてた。

あたしは萌《もえ》ちゃんをはさんで三人《にん》、涼馬《りょうま》くんのそっくりさんと手《て》をつないで歩《ある》く。

考《かんが》えてみたら、シオンくんにとってのあたしって、かなり変《へん》なコじゃない？

とうとつに友《とも》だちの輪《わ》にツッコんできて、急《きゅう》に具合《ぐあい》がわるくなって。

さらに迷子《まいご》の送迎《そうげい》にもついていくって言《い》いだして。

冷静《れいせい》になったら、**めちゃくちゃ恥《は》ずかしくなってきた……っ。**

あたしたちが向《む》かう方角《ほうがく》は、ゲレンデから、コテージとは反対方面《はんたいほうめん》。

お土産屋《みやげや》さんがならぶ表通《おもてどお》りをぬけると、雪《ゆき》におおわれた畑《はたけ》の、のどかな景色《けしき》が広《ひろ》がった。

萌《もえ》ちゃんちは、その中《なか》の平屋《ひらや》のおうちだ。

「まー、わざわざ悪《わる》かったね。萌《もえ》！　お姉《ねえ》ちゃんから離《はな》れちゃダメって言《い》ったっしょ！」

萌《もえ》ちゃんはママの足《あし》に抱《だ》きつくなり、安心《あんしん》したのか、しくしく泣《な》きはじめちゃった。

あたしたちはホ〜ッと一息《ひといき》。

ほほ笑《え》みあってたら、萌《もえ》ちゃんママが「あらあらあら」と、あたしたちを見《み》くらべた。

「シオンくんったら、やっぱり市内《しない》に**カノジョ**がいたんね。ひさしぶりのデート？　カッコいいカノジョさん、シオンくんとお似合《にあ》いよォ」

シオンくんは目《め》を丸《まる》くしたあと、みるみる顔《かお》を真《ま》っ赤《か》にそめていく。

「おばちゃん、やめてよ。初対面《しょたいめん》のコだよ」

「**星祭《ほしまつ》りのジンクス**をかなえたくて、カノジョを呼《よ》んだんじゃねの」

ジンクスって、あっ、あの、「**冬《ふゆ》のダイヤモンドをいっしょに見《み》たら**」って、彩羽《あやは》さんが教《おし》えてくれた話《はなし》かっ。

あたしはなんだか申《もう》しわけない気持《きも》ちになって、頭《あたま》をかいた。

「カノジョじゃないんです……。さっき、ぐうぜん知《し》りあっただけで」

「あらま。萌《もえ》、よかったねぇ。萌《もえ》ったら、将来《しょうらい》シオンくんと結婚《けっこん》するって言《い》っててんのよ」

「けっこんするー！」

いつの間《ま》にか泣《な》きやんでた萌《もえ》ちゃんは、シオンくんのすそをつかむ。

彼《かれ》はしゃがんで、「萌《もえ》がオトナになるころ、ぼくはオッサンだよ」って、頭《あたま》をなでてあげる。

初恋《はつこい》ドロボーのはにかむ笑顔《えがお》を目《ま》の当《あ》たりに、萌《もえ》ちゃんの瞳《ひとみ》はぴかぴかきらきらだ。

「シオンくんが引《ひ》っ越《こ》してきてから、ここいらの女《おんな》の子《こ》は大《おお》さわぎよ」

「——**引《ひ》っ越《こ》し？**」

あたしは真顔《まがお》で、おばちゃんの言葉《ことば》をくり返《かえ》した。

「転校《てんこう》して来《き》て、まだ二ヶ月《かげつ》やそこらだもんね？　前《まえ》は、N《エヌ》地区《ちく》の市部《しぶ》に住《す》んどったってね」

「え……っ。シオンくん、最近《さいきん》ここに引《ひ》っ越《こ》してきたの？」

二ケ月前《かげつまえ》——って。

ピリッと走《はし》ったあたしの緊張《きんちょう》に、シオンくんは首《くび》をかたむける。

「うん？　家族《かぞく》のつごうで。十一月《がつ》の半《なか》ばだから……もうすぐ三ケ月《かげつ》かな？」

「そうなんだ……」

あたしは声《こえ》が震《ふる》えないように気《き》をつける。

けど、心拍数《しんぱくすう》がすごい勢《いきお》いで上《あ》がっていく。

十一月《がつ》の半《なか》ばって、涼馬《りょうま》くんがいなくなってから、半月《はんつき》くらい。

心肺停止《しんぱいていし》の後《あと》、しばらく安静《あんせい》にしてから学校《がっこう》に通《かよ》いはじめたとか、ありえる？

だけど「家族《かぞく》のつごうで」って言《い》ったよね。

涼馬《りょうま》くんの家族《かぞく》は、とっくの昔《むかし》に災害《さいがい》で亡《な》くなってる。

家族《かぞく》がいるなら、シオンくんはやっぱり別人《べつじん》だ。

それに栗宮代表《くりみやだいひょう》にとって、今《いま》の涼馬《りょうま》くんは、手《て》もとにいるたった一人《ひとり》の「被験者《ひけんしゃ》」なんだ。

自由《じゆう》に学校《がっこう》に通《かよ》わせるなんて、きっと許《ゆる》してくれないよね。

あの登山道《とざんどう》のプレハブが「隠《かく》れ場所《ばしょ》」なら、閉《と》じこめといたほうが、ずっと安心《あんしん》じゃん。

「どうかした？　また具合《ぐあい》わるくなってきた？」

「う、ううん。あのっ、シオンくんちも近《ちか》くなの？」

探《さぐ》りを入《い》れると、彼《かれ》は首《くび》を横《よこ》にふり、山《やま》の尾根《おね》を指《ゆび》さす。

「あっちの方角《ほうがく》かな」

「高級住宅地《こうきゅうじゅうたくち》よね。外《そと》から来《き》た人《ひと》たちの、むかしからの別荘地《べっそうち》だったとこ」

「おばちゃん、そんなのウソだよ。山《やま》の中《なか》ですごい不便《ふべん》だよ。一本《ぽん》バスを逃《のが》したら一時間《じかん》も待《ま》たなきゃだし。しょっちゅう乗《の》りそこなって、家族《かぞく》に車《くるま》を出《だ》してもらってる」

「まー、市内《しない》から来《き》たコはぜぇたく言《い》うね。バスがあるだけいいんよ」

シオンくんとママさんが見《み》てるのは、プレハブとは反対方向《はんたいほうこう》だ。

じゃあ、あの施設《しせつ》とは無関係《むかんけい》なのかな。

似《に》すぎてるけど、やっぱり涼馬《りょうま》くんとは、ちがう人《ひと》……。

萌《もえ》ちゃんたちとバイバイして、二人《ふたり》でゲレンデへの道《みち》をもどりながら、あたしはそれでもまだ、となりを歩《ある》く男子《だんし》を観察《かんさつ》してしまう。

別人《べつじん》だっていうカードのほうが、ずっと多《おお》い。

なのに、「引《ひ》っ越《こ》してきた」っていう、そのたった一枚《まい》のカードにすがりつきたくなる。

できるなら、**「ほんとは涼馬《りょうま》くんなんでしょ!?」**って、肩《かた》をつかんで問《と》いつめたい。

あたしは衝動《しょうどう》に負《ま》けないように、両方《りょうほう》の手《て》をぎゅううっとにぎりこむ。

「ぼくは駅《えき》からバスなんだけど、お祭《まつ》り会場《かいじょう》までの道《みち》はわかる？　心配《しんぱい》だったら送《おく》っていくよ」

「あ、ううんっ。歩《ある》いた道《みち》は覚《おぼ》えるようにしてるから、大丈夫《だいじょうぶ》だよ」

「すごい。しっかりしてるね」

塩鬼《しおおに》リーダーだったら、**「トーゼンだ」**ってしょっぱいコト言《い》われるトコなのに、ホメられた。

道《みち》の真《ま》ん中《なか》を、バスがチェーンの音《おと》をシャラシャラ鳴《な》らして走《はし》りぬけていく。

すぐそこにバス停《てい》が見《み》えた。

シオンくんと別《わか》れる時《とき》がせまってる。

彼《かれ》は腕時計《うでどけい》をたしかめて、「やべ」とつぶやいた。

「このあと用事《ようじ》があって、あのバスに乗《の》らなきゃなんだ。それじゃ、いろいろありがとね！」

彼《かれ》はもう駆《か》けだしちゃった。

新雪《しんせつ》の上《うえ》を、すべらないように器用《きよう》に走《はし》っていく。

「──待《ま》って！」

あわてて声《こえ》を投《な》げると、バスの前《まえ》で立《た》ち止《ど》まってくれた。

白《しろ》くまぶしい景色《けしき》のなかで、涼馬《りょうま》くんと同《おな》じ顔《かお》の、でも別《べつ》のコが、まっすぐな瞳《ひとみ》であたしを見《み》つめる。

少《すこ》しでも涼馬《りょうま》くんの可能性《かのうせい》があるなら、みんなを呼《よ》んだほうがいい？

どうする？　どうしよう。**このまま別《わか》れちゃって大丈夫《だいじょうぶ》……⁉**

彼《かれ》はバスが出発《しゅっぱつ》しちゃわないか気《き》にして、バス停《てい》をふり向《む》く。

「ごめん、そろそろ、」

「あのっ！　**夜《よる》の星祭《ほしまつ》り、いっしょに行《い》かない⁉**」

遠《とお》くからだけど、シオンくんの目《め》がまんまるになったのがわかった。

そしておでこまで赤《あか》くなっていく。

「どうか、だれにも言《い》わずに来《き》てっ。**一生《いっしょう》のお願《ねが》い！**」

ひざにおでこがくっつくほど身《み》を折《お》って、あたしは全身全霊《ぜんしんぜんれい》で祈《いの》る。

「――いいよ」

ちょっと緊張《きんちょう》したような声《こえ》が返《かえ》ってきた。

あたしはガバッと身《み》を起《お》こす。

「ほ、ほんと⁉　ありがとう！　じゃ、じゃあケーブルカーのふもと駅《えき》に、六時《じ》でいいっ？」

「了解《りょうかい》」

勢《いきお》いつけて体《からだ》を曲《ま》げたから、コートの下《した》からホイッスルが出《で》てきちゃった。

ホイッスルをつかんで顔《かお》を上《あ》げたあたしは――、見逃《みのが》さなかった。

シオンくんが**これを見《み》た瞬間《しゅんかん》、頭《あたま》に痛《いた》みが走《はし》った**みたいに、顔《かお》をゆがませたのを。

「……じゃ、またあとでね。マミちゃん」

彼《かれ》はバスに乗《の》りこんでいく。

今《いま》、ホイッスルに反応《はんのう》した……よね？　これに見覚《みおぼ》えがある？

だったら彼《かれ》はまちがいなく、風見涼馬《かざみりょうま》だ。

でもここまで他人《たにん》のふりをしてるのは、演技《えんぎ》に見《み》えない。

なら、それは、どういうこと？

心臓《しんぞう》がドクドク音《おと》を立《た》てる。

ホイッスルを見《み》てあんな顔《かお》をするなら、やっぱり涼馬《りょうま》くんだよね。

だけど、あたしを本気《ほんき》で知《し》らない？

それって――、まさか、

記憶《きおく》がない⁉

涼馬《りょうま》くんと性格《せいかく》がぜんぜんちがうのも。

元気《げんき》になってるのに、栗宮代表《くりみやだいひょう》から逃《に》げて来《こ》なかったのも。

ぜんぶ、記憶《きおく》を失《うしな》ってるからだった……っ？

あたしはホイッスルをにぎったまま、カミナリに打《う》たれたように立《た》ちつくした。


コテージのリビングには、薪《まき》がぱちぱちはじける音《おと》と、カメラで撮《と》った、あたしとシオンくんの会話《かいわ》の音《おと》だけが響《ひび》いてる。

七人全員《にんぜんいん》で息《いき》を殺《ころ》し、ノートパソコンの画面《がめん》をのぞきこむ。

バスに乗《の》ったシオンくんを追《お》いかけようとして、あたしが転《ころ》んじゃったところまで見《み》て――。

みんなしばらく、言葉《ことば》を失《うしな》って画面《がめん》を見《み》つめてた。

楽《がく》さんがごくっとノドを鳴《な》らす。

「マメちゃんの言《い》うとおり、**記憶喪失《きおくそうしつ》の可能性《かのうせい》は、充分《じゅうぶん》に考《かんが》えられる**よ。心臓《しんぞう》が止《と》まって脳《のう》に血《ち》が回《まわ》らないと、記憶《きおく》にかかわる場所《ばしょ》が壊《こわ》れちゃうことがある。ほかにも、あまりにもストレスが強《つよ》いとき――、自分《じぶん》の心《こころ》を守《まも》るために、脳《のう》が勝手《かって》に、**わざと**忘《わす》れたりもする」

「じゃあ、やっぱり涼馬《りょうま》くん……！」

「水《みず》をさすようで悪《わる》いけど、質問《しつもん》していい？」

ずっと腕《うで》を組《く》んで考《かんが》えこんでた彩羽《あやは》さんが、手《て》をあげた。

「風見《かざみ》くんはリンクを切《き》るまえに、分裂体《ぶんれつたい》が消《き》えたんだよね？　分裂体《ぶんれつたい》って、心《こころ》のエネルギーで動《うご》いてるんでしょ？　それがエネルギーを持《も》ち逃《に》げしたままで消《き》えたって、ふつうに考《かんが》えてヤバいよね。なのに、**数ヶ月《すうかげつ》でダンスできるほど回復《かいふく》するもの？**」

彼女《かのじょ》の言《い》うとおり、変《へん》かもしれない。

ノドカ兄《にい》は、ホテル火災《かさい》のときに分裂体《ぶんれつたい》に変身《へんしん》したせいで、まだ目《め》がさめてない。

変身《へんしん》してる時間《じかん》が長《なが》かったから、それだけいっぱいエネルギーを使《つか》ったんだろうけど。

でも、涼馬《りょうま》くんは分裂体《ぶんれつたい》が消《き》えちゃったってことは、ノドカ兄《にい》よりもヤバいはずだよね……？

さっきの「シオンくん」は、めっちゃ元気《げんき》に見《み》えた。

あの人《ひと》が涼馬《りょうま》くんなら、どうしてあんなに回復《かいふく》できたのか、変《へん》……って言《い》えば、変《へん》？

あたしは画面《がめん》で停止《ていし》されたままの、「彼《かれ》」の横顔《よこがお》をジッと観察《かんさつ》する。

涼馬《りょうま》くんであってほしい。

記憶《きおく》がなくても、なんでもいいから生《い》きてててほしい。

祈《いの》るように見《み》つめて、ハッとした。

「な、七海《ななみ》さんっ。映像《えいぞう》、もっと大《おお》きく見《み》られませんかっ？　耳《みみ》のあたり中心《ちゅうしん》に！」

「わかりました」

拡大《かくだい》されていく彼《かれ》の耳《みみ》の、上《うえ》のほうのふち。

白《しろ》くなった、短《みじか》い線《せん》が走《はし》ってる。

「これっ、この傷《きず》あと！　**やっぱり涼馬《りょうま》くんだ！**」

「……ダウンバーストのとき、ガラスの破片《はへん》で切《き》ったあとか」

楽《がく》さんの声《こえ》が、かすかに震《ふる》えてる。

そうだよっ。秋合宿《あきがっしゅく》で、彼《かれ》は竜巻《たつまき》が作《つく》った突風《とっぷう》からあたしをかばって、ケガをしたんだ。

これは、その時《とき》の傷《きず》！

どんなカードもひっくり返《かえ》す、最強《さいきょう》の決《き》め手《て》じゃん！

みんながバッと画面《がめん》に顔《かお》を近《ちか》づけて、その、風見涼馬《かざみりょうま》の証拠《しょうこ》を観察《かんさつ》する。

そして目《め》を見開《みひら》き、みるみるほっぺたを赤《あか》くする。

「ここ、しばらくバンソウコウ貼《は》ってたもんなっ。**ボク覚《おぼ》えてるぞっ。**なんだよリョーマッ。記《き》憶《おく》ソーシツなだけで、無事《ぶじ》だったたんじゃんかぁっ！」

飛《と》びついてきたうてなにふっ飛《と》ばされて、あたしはソファから落《お》っこちた。

「うん……！　うんっ！」

あたしもうてなを抱《だ》きしめて、そのまま二人《ふたり》で床《ゆか》をごろごろローリング！

センパイたちも大《おお》きな音《おと》をたてて背中《せなか》をたたきあう。

彩羽《あやは》さんも、いっしょになってほほ笑《え》んでくれてる。

「よかった。伊地知《いじち》リーダー、記憶喪失《きおくそうしつ》については治療《ちりょう》できるんだよね？」

楽《がく》さんは、まだ画面《がめん》から目《め》を離《はな》さない。

でも**鼻《はな》の頭《あたま》が赤《あか》く**なってるよ。

「脳自体《のうじたい》が壊《こわ》れちゃってたら、難《むずか》しいな。だけどストレスが原因《げんいん》なら、すぐにもどることもあるし、それでも思《おも》い出《だ》せない可能性《かのうせい》もある。まずはプロの治療《ちりょう》を受《う》けてもらわないとね」

「そうか……。でも、命《いのち》があったことが、まずなによりだよ」

彩羽《あやは》さんと楽《がく》さんはそれぞれうなずく。

あたしはみんなを見《み》まわして、そして画面《がめん》の涼馬《りょうま》くんに目《め》をもどす。

シオンくんは、涼馬《りょうま》くんだった。

「生《い》きてた……!」

床《ゆか》に転《ころ》がったまま、涙声《なみだごえ》でうめき、ぎゅううっとうてなを抱《だ》きしめた。

10 カッさんVS《バーサス》.楽《がく》さん!?

あたしたちはハグしあっては、アーッとかキャーッとか、奇声《きせい》を発《はっ》しちゃう。

うれし涙《なみだ》で、もう、顔《かお》のパーツが溶《と》けてぐちゃぐちゃになってるんじゃないかってくらい。

「けど、まだふしぎなことは残《のこ》ってる」

楽《がく》さんが冷静《れいせい》に言《い》う。

あたしとうてなは、のそっと床《ゆか》から身《み》を起《お》こした。

ソファでプロレスみたいになってた千早希《ちさき》さんとナオトさんも、目《め》をぱちぱちする。

……そうだ。

さっき彩羽《あやは》さんの、「リンクを切《き》るまえに分裂体《ぶんれつたい》が消《き》えたのに、数ケ月《すうかげつ》でダンスできるほど回《かい》復《ふく》するなんて、変《へん》じゃない?」って話《はなし》。

「七海《ななみ》、涼馬《りょうま》の分裂体《ぶんれつたい》について、なにか考《かんが》えはある?」

楽《がく》さんに水《みず》を向《む》けられた七海《ななみ》さんは、パソコンの前《まえ》で小《ちい》さくうなずいた。

「はい。まず涼馬《りょうま》さんの分裂体《ぶんれつたい》は、**実《じつ》はリンクを切《き》ってから消《き》えていたのでは**、と」

考《かんが》えもしなかった話《はなし》に、あたしたちは目《め》を見《み》はる。

「涼馬《りょうま》さんの心《こころ》のピンチは、**『双葉兄妹《ふたばきょうだい》が死《し》んでしまう』という恐怖《きょうふ》**。黒鷹《くろたか》がマメさんたちを守《まも》れたのを、彼《かれ》が認識《にんしき》できていたなら、そのピンチは乗《の》りこえていたはずです。ならば分裂体《ぶんれつたい》が消《き》えたのは、ガレキの打撃《だげき》のせいではなく、リンクを切《き》れたおかげ」

あたしはのどを鳴《な》らして、彼女《かのじょ》の言葉《ことば》を頭《あたま》のなかでもう一度《いちど》くり返《かえ》した。

心停止《しんていし》のまえに、リンクは切《き》れてた——？

じゃあ……、ええと？

涼馬《りょうま》くんは黒鷹《くろたか》とリンクしたまま、ガレキのダメージを食《く》らった。

直後《ちょくご》、あたしたちが無事《ぶじ》なのを見《み》て、黒鷹《くろたか》とのリンクは切《き》れた。

でも直前《ちょくぜん》のダメージのせいで、心停止《しんていし》した？

その時《とき》の光景《こうけい》を、あたしはもう一度《いちど》、頭《あたま》に再生《さいせい》する。

たしかにそんな感《かん》じだったかもしれない。

「涼馬《りょうま》くんは、心停止《しんていし》する直前《ちょくぜん》、あたしに向《む》かって笑《わら》ったんです。**『よかった』**って」

「……なるほど。じゃあ、ますます**『リンク切《き》りずみ』**だった可能性《かのうせい》が高《たか》そうだ。高梨《たかなし》さんが撮《と》ってた動画《どうが》を確認《かくにん》できればいいんだけどな」

「ええ。だとすると、涼馬《りょうま》さんの回復《かいふく》が早《はや》かったのは、そのおかげじゃないでしょうか。ストレスを乗《の》りこえて**分裂体《ぶんれつたい》とのリンクを切《き》れれば、回復《かいふく》が早《はや》い。**それは今《いま》までの例《れい》から、たしかなようです」

うてなや健太郎《けんたろう》くん、それにこよみちゃんに大晴《たいせい》くん。

みんな、ノドカ兄《にい》より回復《かいふく》するのが早《はや》かった。

ギリギリの、ほんの少《すこ》しの時間差《じかんさ》で、涼馬《りょうま》くんは生《い》きられる可能性《かのうせい》が高《たか》くなった？

あたし、あの「よかった」がすごく悲《かな》しかったけど。

そうなんだ。あそこでリンクが切《き》れてたかもしれないんだ……っ。

七海《ななみ》さんの言葉《ことば》を受《う》けて、彩羽《あやは》さんも満足《まんぞく》げにうなずいた。

「アタシの疑問《ぎもん》は、その答《こた》えで解決《かいけつ》できるね」

楽《がく》さんは画面《がめん》に映《うつ》った涼馬《りょうま》くんに目《め》をもどし、小《ちい》さな息《いき》をはく。

あたしは自分《じぶん》のひざに目《め》を落《お》として、しばらく、頭《あたま》のなかを整理《せいり》してた。

みんなもだまって、それぞれ考《かんが》えこむ。

だけど、うてながズバッと立《た》ち上《あ》がった。

「とにかく、そのシオンってのがリョーマなのは、まちがいないもんなっ。今《いま》から取《と》りかえしに行《い》くぞ！　別荘地区《べっそうちく》に家《いえ》があるんだろっ!?　バスの行《い》き先追《さきお》っかけよう！」

「そうだよっ。みんなで行《い》きましょう！」

あたしも彼女《かのじょ》に続《つづ》いて腰《こし》を上《あ》げる。

「**ブ〜ッ。**中央基地《ちゅうおうきち》の許可《きょか》なしに、トツゲキはできませーん」

コートを手《て》に取《と》ろうとしたところで、楽《がく》さんに腕《うで》でバッテンを作《つく》られちゃった。

「だ、だって。はやく救《たす》けに行《い》かないと、栗宮代表《くりみやだいひょう》に、あたしたちが接近《せっきん》したのがバレちゃうかもですよ」

「それはそうだけど、ダメ。ぼくらがヘタに突入《とつにゅう》して捕《つか》まったら、事態《じたい》が悪化《あっか》するだけだ」

「楽《がく》さんの言《い》うとおりです。それに、今《いま》の涼馬《りょうま》さんは、『家族《かぞく》がいる』らしいです。栗宮元代表《くりみやもとだいひょう》や研究者《けんきゅうしゃ》とはちがう人《ひと》に……、たとえば、**ホームステイ**のように、**どこかの家庭《かてい》にあずけられている**のかも」

七海《ななみ》さんも、今日《きょう》はあたしたちの味方《みかた》をしてくれない。

となりから千早希《ちさき》さんもうなずいた。

「本当《ほんとう》の親《おや》だって信《しん》じてる人《ひと》がいるなら、こっちに還《かえ》ってきてなんて言《い》っても、抵抗《ていこう》するよね。無理《むり》やりになっちゃったら、わたしたちが誘《ゆう》かい犯《はん》だよ」

「警察《けいさつ》に通報《つうほう》されたら、メーワクかけるのは、やっぱり海和田司令《かいわだしれい》かな」

ナオトさんのストップ理由《りゆう》も、なるほどだ……。

センパイたちが全員反対《ぜんいんはんたい》なんて。

あたしとうてなはみるみる勢《いきお》いをなくす。

しょんぼりしおれて座《すわ》りなおすと、楽《がく》さんはちょっと笑《わら》ってくれた。

「けど、この『涼馬確定《りょうまかくてい》』の動画《どうが》はもう、ものすごい証拠《しょうこ》じゃない？　これを司令《しれい》に送《おく》れば、すぐ動《うご》いてくれるよ」

彼《かれ》はカタカタカタッとキーボードを打《う》ちはじめる。

「まず、ほかのエリアに調査《ちょうさ》へ行《い》ってくれてるみんなには、『涼馬《りょうま》を見《み》つけたから、ふつーに旅《たび》を楽《たの》しんでから帰《かえ》っておいで』って伝《つた》えておくね」

そして今度《こんど》は、あたしたちに上目《うわめ》づかいの苦笑《にがわら》い。

「さぁ〜て。**大目玉《おおめだま》のカクゴはいーい？**」

了解《ラジャー》の返事《へんじ》を待《ま》たず、楽《がく》さんが送信《そうしん》ボタンを押《お》してから、七、八、九、十秒《びょう》。

まさかの超速《ちょうそく》で、**ヴヴヴヴッ**、**ヴヴヴヴッ**と、楽《がく》さんのスマホが自己主張《じこしゅちょう》を始《はじ》めた。

ビデオ通話《つうわ》の画面《がめん》のむこうは、中央基地《ちゅうおうきち》の会議室《かいぎしつ》らしい。

大《おお》きなテーブルのむこうに、カッさんと北村《きたむら》さんがならんで座《すわ》ってる。

画面《がめん》ごしでも、あっちのピリピリした空気《くうき》が伝《つた》わってくる。

『たしかに、キミたちが発見《はっけん》してくれた少年《しょうねん》は、風見涼馬《かざみりょうま》でまちがいなさそうだ』

その言葉《ことば》に、ワッと喜《よろこ》ぶ間《ま》もない。

『だがわたしは、キミたちには「勝手《かって》に動《うご》くな」と、厳重《げんじゅう》な命令《めいれい》を下《くだ》している。なぜ、報告《ほうこく》もなしにそんなところにいるのか、説明《せつめい》がほしい』

カッさん――中央基地司令《ちゅうおうきちしれい》のハクリョクに、あたしたちは気《き》をつけの姿勢《しせい》のまま、ぴくりとも動《うご》けない。

でも楽《がく》さんはまったく顔色《かおいろ》を変《か》えずに、画面《がめん》に向《む》かってる。

「はい。行《い》くなと止《と》められそうでしたので、報告《ほうこく》しませんでした」

『伊地知楽《いじちがく》。キミにはリーダーの素質《そしつ》があると思《おも》っていたが、S組《エスぐみ》をやめると決《き》めてから、あまりに捨《す》て身《み》じゃないか？　今《いま》のキミはまだ、みんなをあずかる総《そう》リーダーだ。S組生徒《エスぐみせいと》を調査《ちょうさ》に

向《む》かわせた責任《せきにん》は、キミにある』

「はい。リスクを取《と》っても、**ぼくらには今《いま》、『涼馬《りょうま》のためになにかする』ことが必《ひつ》要《よう》だったた**め、行動《こうどう》に出《で》ました」

たんたんと返《かえ》す楽《がく》さんに、カッさんは眉《まゆ》をはねる。

『涼馬《りょうま》を見《み》つけるため――じゃなく、なにかすることが必要《ひつよう》？　みょうな言《い》いまわしをするね』

あたしも彼《かれ》の横顔《よこがお》をうかがった。

どういう意味《いみ》だろ？

「司令《しれい》のご心配《しんぱい》は分《わ》かっています。ノドカさんや涼馬《りょうま》に続《つづ》く〝三人目《にんめ》〟を出《だ》さないよう、ぼくらを、危険《きけん》から徹底的《てっていてき》に遠《とお》ざけてくれている」

『そのとおりだ。仲間《なかま》を連《つ》れさられたことについては、わたしがもっとも反省《はんせい》しなければならない。そこを分《わ》かってくれているのに、なぜ首《くび》をつっこんできた』

「司令《しれい》から情報《じょうほう》をもらえなくなって、三ヶ月《かげつ》です。時間《じかん》がたてば、ぼくらの気持《きも》ちも落《お》ちつくと思《おも》ってるのかもしれませんが。**時間《じかん》では、ぼくらの心《こころ》の穴《あな》はふさがりません**」

楽《がく》さんは手《て》を後《うし》ろに組《く》んだ気《き》をつけの姿勢《しせい》のまま、たんたんと言葉《ことば》を続《つづ》ける。

そしてあたしたちのほうに視線《しせん》をめぐらせた。

「眠《ねむ》れなくなって、毎晩薬《まいばんくすり》を飲《の》まなきゃいけなくなったメンバー。とつぜんパニックを起《お》こすようになったメンバー。**味覚《みかく》が消《き》えてしまったメンバー**もいます。ストレスが体《からだ》に出《で》ている。ディフェンダーとして見《み》すごせません」

楽《がく》さんの言葉《ことば》に、あたしはドキッと心臓《しんぞう》がはねた。

味覚《みかく》が消《き》えたメンバーって、あたしのことだよね？

今《いま》までなにも聞《き》かれなかったけど、実《じつ》は気《き》づかれてたんだ……！

それにあたしのほかにも、体《からだ》に出《で》てるコがいる？

だれだろう……って考《かんが》えかけて、やめた。

たぶん全員《ぜんいん》が似《に》たりよったりだよ。

「ほっぽり出《だ》されたままは限界《げんかい》だ。そのことについて、**オレは、あなたたちに怒《おこ》っています**」

楽《がく》さん、上官《じょうかん》に向《む》かって口答《くちごた》えどころか、〝**怒《おこ》ってる**〟って……っ。

画面《がめん》のむこうのカッさんと北村《きたむら》さんは、だまってしまった。

「総《そう》リーダーとして、**メンバーの心《こころ》のケアが必要《ひつよう》**だと判断《はんだん》しました。そのために、調査《ちょうさ》に出《で》ることを許可《きょか》していきます」

楽《がく》さんは胸《むね》を張《は》って、強《つよ》く言《い》いきった。

あたしは――、みんなは、堂々《どうどう》としたリーダーの横顔《よこがお》を、息《いき》をのんで見上《みあ》げる。

彼《かれ》がいつもなら「ダメー」って断《ことわ》りそうな調査《ちょうさ》に、許可《きょか》をくれたのは。

涼馬《りょうま》くんを見《み》つけるって目的以外《もくてきいがい》にも、あたしたちに**「涼馬《りょうま》くんのために、なにかできてる」**って思《おも》わせてくれようとしてたんだ。

それこそが、精神的《せいしんてき》にギリギリになってるあたしたちに、必要《ひつよう》なことだから。

楽《がく》さんは、分《わ》かってくれてたんだ。

胸《むね》がじんっと熱《あつ》くなって、下《した》くちびるを噛《か》んだ。

カッさんは楽《がく》さんを画面《がめん》ごしに見《み》つめてる。

彼女《かのじょ》の瞳《ひとみ》が、司令《しれい》としての厳《きび》しい色《いろ》と、ただのカッさんとしての哀《かな》しい色《いろ》の間《あいだ》でゆれる。

『……そうだね。わたしはみんなの心《こころ》のケアまで、フォローできていなかった。キミたちがストレスに追《お》いこまれるのも、そのせいで分裂体《ぶんれつたい》を生《う》むなんてのも、わたしだってイヤだよ』

あたしは自分《じぶん》の耳《みみ》に手《て》をあてた。

ぷちぷち、って、聞《き》こえ続《つづ》けてた音《おと》……。

人工島《じんこうとう》で分裂体《ぶんれつたい》を生《う》みかけた時《とき》にも聞《き》いた、あの音《おと》と同《おな》じだった。

たぶんあたし、けっこうヤバかったと思《おも》う。

『しかるどころか、礼《れい》を言《い》わないといけないな。——わたしのせいで傷《きず》つけ、追《お》いつめてしまったメンバーへのフォローも、見事《みごと》に涼馬《りょうま》を見《み》つけてくれたことにも、ありがとう』

「いいえ。ぼくらの仲間《なかま》のことです。海和田《かいわだ》司令《しれい》も、おいそがしいなか死力《しりょく》をつくしてくださり、こちらこそ、ありがとうございます」

プロのトップと、あたしたちのトップ。

いろんな重責《じゅうせき》を背負《せお》う二人《ふたり》は、おたがいを見《み》つめあう。

『よし。涼馬《りょうま》が還《かえ》ってきたら、みんなでおいしいものでも食《た》べに行《い》こう。遊園地《ゆうえんち》のあと、焼《や》き肉《にく》と寿司《すし》の食《た》べほうだいに、温泉宿《おんせんやど》つきのフルコースだ』

「それは、最高《さいこう》の心《こころ》のケアですね。ありがとうございます。ぜひ、みんなそろって」

『約束《やくそく》しよう。必《かなら》ず、みんなそろって』

楽《がく》さんがにっこり笑《わら》う。

あたしたちも、んふっと笑《わら》う。

「ただし。次《つぎ》からは、ムチャをするまえに相談《そうだん》しなさい。これからはわたしも、キミたちから逃《に》げずに聞《き》く耳《みみ》を持《も》つよ」

カッさんもどさっと背《せ》もたれに身《み》をあずけ、タメ息《いき》まじりに笑《わら》ってくれた。

これで、お説教《せっきょう》はおしまい……？

楽《がく》さんだけが代表《だいひょう》で怒《おこ》られるなんて、申《もう》しわけなさすぎたから、めちゃくちゃ安心《あんしん》した。

『――では、この後《あと》の作戦《さくせん》は、わたしから説明《せつめい》する』

北村《きたむら》さんが自分《じぶん》のほうにカメラを向《む》けて、「ゼッタイまだ怒《おこ》ってるよね!?」って顔《かお》で、あたしたちをにらみまわした。

『まず、今後《こんご》は必《かなら》ず命令《めいれい》にしたがうこと。ここからはいっさいの言《い》いワケは通用《つうよう》しない』

「了解《ラジャー》！」

重々《おもおも》しい声《こえ》に、あたしたちはビッと気《き》をつけの姿勢《しせい》を取《と》りなおす。

『実《じつ》は我々《われわれ》のほうでも、まさに今夜《こんや》、プレハブ施設《しせつ》を偵察《ていさつ》に行《い》くところだったんだ。祭《まつ》りの夜《よる》ならば、施設《しせつ》にいる研究者《けんきゅうしゃ》も少《すく》なくなると考《かんが》えてな。現地《げんち》には、ミサト・ユウジ・英利子《えりこ》の三人《にん》が、すでに到着《とうちゃく》している』

「こ、今夜《こんや》⁉　ミサトさんたち、こっちに来《き》てるんですかっ⁉」

あたしは目《め》をむく。そしてすぐにヒヤッとした。

もし昨日《きのう》だったら、あの施設《しせつ》のまえで、ミサトさんたちにハチ合《あ》っちゃってたかも。

そしたら、その場《ば》で大目玉《おおめだま》&《アンド》ソッコーで撤収《てっしゅう》。

シオンくん――ならぬ涼馬《りょうま》くんに会《あ》えずに、A《エー》地区《ちく》に帰《かえ》されてたトコだよっ。

『だがキミたちの報告《ほうこく》によると、涼馬《りょうま》はプレハブ施設《しせつ》におらず、別荘地区《べっそうちく》でくらしているようだ。ミサトたちがプレハブ施設《しせつ》に突入《とつにゅう》すれば、涼馬《りょうま》は救出《きゅうしゅつ》できないまま、逃《に》げられてしまっていただろう。キミたちが先《さき》に調査《ちょうさ》してくれたことが、いいほうに転《ころ》がった』

北村《きたむら》さんはシッッッッブい顔《かお》だけど、ねぎらってくれてるみたい？

たしかにまずプレハブに突入《とつにゅう》しちゃったら、栗宮代表《くりみやだいひょう》はあわてて「シオンくん」をベツのところに逃《に》がすよね。

そういうのまで想定《そうてい》して、ホームステイみたいに「家族《かぞく》」にあずけてたのかな。

『というわけで、作戦《さくせん》を変更《へんこう》したい。――今回《こんかい》は、涼馬《りょうま》を確保《かくほ》することだけに集中《しゅうちゅう》する。ミサトたちは今《いま》、急《いそ》ぎキミたちのもとへ向《む》かっている。合流《ごうりゅう》するまで、キミたちはそのコテージから出《で》てはいけない。一歩《いっぽ》たりとも、ゼッタイに、必《かなら》ず出《で》るな』

「ラ、了解《ラジャー》……ッ」

あたしたちはみんなでうなずく。

念《ねん》の押《お》しぐあいが、北村《きたむら》さんの激怒《げきど》のほどをうかがわせるよ……っ。

『涼馬《りょうま》を取《と》りもどす最大《さいだい》のチャンスは、祭《まつ》りの間《あいだ》の二、三時間《じかん》だ。今《いま》から応援《おうえん》を増《ふ》やすのは間《ま》に合《あ》わないが、このチャンスは逃《のが》せない。ミサトたちがいるだけでも、マシとしよう』

北村《きたむら》さんはめちゃくちゃイヤそうに顔《かお》をゆがめて、さらに深《ふか》〜〜い夕メ息《いき》までついた。

『ここは図々《ずうずう》しく、我々《われわれ》が、キミたちが用意《ようい》してくれた段《だん》どりに、乗《の》っからせてもらう』

11
双葉《ふたば》マメ、全力《ぜんりょく》の大作戦《だいさくせん》！

「キミたちが来《き》てるなんて、思《おも》ってもなかったなァ。まぁでも、わたしたちの合流《ごうりゅう》まではおとなしく待《ま》っててくれて、よかったよ」

「北村隊長《きたむらたいちょう》があんなにアセって連絡《れんらく》よこしたのって、初《はじ》めてレベルなんだよ？」

「司令《しれい》も隊長《たいちょう》も、前《まえ》の作戦失敗《さくせんしっぱい》から、**ほんっとに落《お》ちこんでるんだ。**ず〜っと家《いえ》に帰《かえ》れてないくらい働《はたら》きっぱなしだしさ、すこーしお手《て》やわらかにねぇ？」

ミサトさん、ユウジさん、英利子《えりこ》さんは、ほんとにコテージに現《あらわ》れた。

プロ若手三人組《わかてさんにんぐみ》の、**あこがれのセンパイたち。**

そしてこの三人《にん》もたぶん、過酷《かこく》な任務《にんむ》の休《やす》みを、ぜんぶ涼馬《りょうま》くんさがしに使《つか》ってくれてるんだ。

作戦《さくせん》スタートまでの三十分《ぷん》、ちょっと寝《ね》かせてって、ソファにたおれちゃった。

彼女《かのじょ》たちの到着《とうちゃく》まで、あたしたちは今度《こんど》こそ命令《めいれい》を守《まも》って、おとなしく待機《たいき》してた。

……おとなしくっていうか、あたしだけ、てんやわんやなんだけど。

いや、正確《せいかく》に言《い》うと、**あたしのまわりだけ？**

「やっぱマメちゃん、こっちのあったかズボンのほうがいいと思《おも》うぞ。うーんっ、でもこっちのキルティングのスカートもかわいいなぁ。スパッツをはけば大丈夫《だいじょうぶ》か？」

「アタシの服《ふく》は、どれだってしっかりあったかいよ。安心《あんしん》して選《えら》んで」

うてなはみんなの手持《ても》ち服《ふく》をならべて、**「一番《いちばん》かわいいコーディネートを考《かんが》えるぞ！」**って燃《も》えてる。

そして七海《ななみ》さんは、あたしの後《うし》ろに立《た》って、髪《かみ》をブラッシング中《ちゅう》。

「楽《がく》さん、いつもの葉《は》っぱのヘアゴムはマズいですよね。**涼馬《りょうま》さんの記《き》憶《おく》を刺激《しげき》できるかもしれませんが**」

「そだねー。栗宮《くりみや》たちに気《き》づかれたくないから、めだつ葉《は》っぱはやめておこう」

「じゃあ、二《ふた》つ分《わ》けの、**ゆるい三《み》つ編《あ》み**にしましょうか。無線《むせん》のイヤホンはイヤーマフで隠《かく》せますね」

楽《がく》さんはパソコンをながめてた顔《かお》をこっちに向《む》けて、にぃっと笑《わら》った。

「マメちゃん、せっかくのデートなんだから、かわいくしてもらいな〜」

「そうそう。涼馬《りょうま》くんはきっと、女子《じょし》から告白《こくはく》されるつもりで来《く》るんだからね」

千早希《ちさき》さんまであたしの髪《かみ》を編《あ》みはじめて、やたらと楽《たの》しそうだ。

「ひぇえええ……っ？」

そ、そうなんだよ。

あたし、今《いま》さら自分《じぶん》の言動《げんどう》を思《おも》い出《だ》してみて、自分《じぶん》にギョッとしたんだけどさ。

とにかく必死《ひっし》で「**来《き》て！**」ってたのんだものの、あたしの事情《じじょう》なんて知《し》らない〝シオンくん〟は、お祭《まつ》りの夜《よる》の部《ぶ》にさそわれた……なら、そういうことだと思《おも》ってるかも!?

しかも楽《がく》さんが、「かわいい女子《じょし》が、**いっしょに還《かえ》ろ**♡って言《い》ったら、おねがい聞《き》いてくれるかもよ〜」なんてテキトーなことを言《い》うからさぁっ。

キャンパーの変装《へんそう》知識《ちしき》と乙女《おとめ》パワーを総動員《そうどういん》して、〝**デート**〟の準備《じゅんび》が始《はじ》まっちゃったんだ。

でも、震《ふる》えてなんていらんないぞっ。

あたしは、これまでのいきさつから、**超重要《ちょうじゅうよう》な担当《たんとう》**をまかされたんだ。


その名《な》も、「**シオンくん説得係《せっとくがかり》**」！


このあと六時《じ》に、シオンくんとケーブルカーふもと駅《えき》で待《ま》ち合《あ》わせ。

彼《かれ》とロープウェイに乗《の》ってるあいだに、あたしは「**いっしょに還《かえ》ろう**」って説得《せっとく》する。

で、頂上駅《ちょうじょうえき》に着《つ》いたら、そのままU《ユー》ターンするゴンドラに乗《の》りこむ。

ふもと駅《えき》にもどり、待《ま》ち受《う》けてるミサトさんの車《くるま》で、N《エヌ》地区《ちく》から逃走《とうそう》。

——が、めざしたいベストの流《なが》れだ。

シオンくんにはたぶん盗聴器《とうちょうき》はついてない。

もしつけられてたら、あたしが昼《ひる》に接触《せっしょく》した時点《じてん》で、私兵《しへい》があわてて駆《か》けつけてたよね。

でも、彼《かれ》の位置情報《いちじょうほう》をチェックするために、GPS《ジーピーエス》くらいはつけられてるかな。

七海《ななみ》さんはさっきの動画《どうが》を見《み》て、彼《かれ》の**ピアス**が**“超小型《ちょうこがた》GPS《ジーピーエス》発信機《はっしんき》”**じゃないかって。

そんな理由《りゆう》でピアスを開《あ》けられてたなら、めちゃくちゃムカつくけど……っ。

ピアスをはずして頂上駅《ちょうじょうえき》に置《お》いてきちゃえば、栗宮代表《くりみやだいひょう》は、「シオンはお祭《まつ》りで遊《あそ》んでるんだな」ってカンちがいして、逃《に》げる時間《じかん》をかせげる。

ただし、ストレスが原因《げんいん》の記憶喪失《きおくそうしつ》は、ヘタに刺激《しげき》すると、混乱《こんらん》してよけいにストレスを強《つよ》めちゃう可能性《かのうせい》があるんだって。

また涼馬《りょうま》くんが黒鷹《くろたか》を生《う》んじゃったら、**お祭《まつ》りで大災害《だいさいがい》が起《お》こる**。

もしも彼《かれ》が混乱《こんらん》しそうだったら、説得《せっとく》はストップ。

ユウジさんが**彼《かれ》を気絶《きぜつ》させて**、U《ユー》ターンするゴンドラに乗《の》せちゃう……って段《だん》どりだ。

荒《あら》っぽいけど、チャンスは一度《いちど》きり。

ほかのS組《エスぐみ》メンバーは、遠巻《とおま》きにようすをうかがう、なにかあったときのための「連絡係《れんらくがかり》」としてだけ、参加《さんか》オーケーってことになった。

「説得《せっとく》、がんばらなきゃ……！」

今《いま》の彼《かれ》は、記憶《きおく》がない自分《じぶん》のことを、どう説明《せつめい》されてるか分《わ》からない。

耳《みみ》のキズが写《うつ》ってる写真《しゃしん》があれば一発《いっぱつ》だったのに、残念《ざんねん》ながら、ケガする前《まえ》のしかなかった。

あたしのがんばりしだいで、ユウジさんが動《うご》かなきゃいけなくなるかが決《き》まってくる。

今日《きょう》はなにがなんでも、涼馬《りょうま》くんを連《つ》れて還《かえ》るよ！

髪《かみ》を編《あ》んでもらいながら、ひざに置《お》いた手《て》に力《ちから》をこめる。

今《いま》からキンチョーで手《て》アセがにじんできてる。

「マメさん。今日《きょう》かぎりは、S組《エスぐみ》の恋愛禁止《れんあいきんし》ルールを解除《かいじょ》です。彼《かれ》を夢中《むちゅう》にさせるなりして、全力《ぜんりょく》をもって、U《ユー》ターンのロープウェイに乗《の》せてください」

「ラ、了解《ラジャー》！」

七海《ななみ》さんの力強《ちからづよ》いはげましに、あたしも全力《ぜんりょく》でうなずいたっ。

待《ま》ち合《あ》わせのふもと駅《えき》には、十分《ぷん》まえに到着《とうちゃく》した。

駐車場《ちゅうしゃじょう》には、ミサトさん・楽《がく》さん。

ふもと駅《えき》には、英利子《えりこ》さん・七海《ななみ》さん・うてな。

会場《かいじょう》の頂上駅《ちょうじょうえき》には、ユウジさん・千早希《ちさき》さん・ナオトさん・彩羽《あやは》さんとクロ。

みんなはすでに、担当場所《たんとうばしょ》でスタンバイずみだ。

あたしは駅《えき》の改札《かいさつ》まえで、シ、オ、ン、くんを見《み》すごさないよう、まわりに目《め》を走《はし》らせてる。

日《ひ》が落《お》ちた直後《ちょくご》の真《ま》っ青《さお》な空気《くうき》のなか、乗《の》り場《ば》にはもう行列《ぎょうれつ》ができてる。

ロープウェイはふもとからてっぺんまで、十五分間《ふんかん》だって。

その十五分《ふん》のあいだに、**「今《いま》、あなたは記憶喪失《きおくそうしつ》になってる。あたしたちは仲間《なかま》だ」**って話《はなし》を信《しん》じてもらわなきゃいけないんだ。

よしっ、やるぞ……！

楽《がく》さんの言《い》ってたとおり、**〝涼馬《りょうま》くんのためにできることがある〟**んだ。

それこそ、心的《しんてき》エネルギーがムクムクわいてくるよっ。

改札《かいさつ》のまえで待《ま》つあたしを、うてなたちが駅《えき》のカフェから、窓《まど》ごしに見守《みまも》ってくれてる。

その窓《まど》ガラスに映《うつ》るあたしは、キルティングのもこもこスカートに、登山用《とざんよう》の防寒《ぼうかん》スパッツ。

雪山用《ゆきやまよう》のかわいいジャンパーは、彩羽《あやは》さんが貸《か》してくれた。

みんなの努力《どりょく》のかいあって、オシャレ女子《じょし》っぽく見《み》えるかも？

シオンくんは、あたしがすぐ帰《かえ》っちゃう旅行《りょこう》のコだと信《しん》じてるから、いちおう話《はなし》だけは聞《き》いてやろうかなって、そのくらいのノリで来《く》るだけだと思《おも》うけど……。

「今日《きょう》は風《かぜ》が強《つよ》いよなー」

「雪《ゆき》の予報《よほう》はなかったよね。寒《さむ》ぃぃ」

「手《て》、つなぐ？」

高校生《こうこうせい》くらいのカップルが、ソワソワ恥《は》じらいながら手《て》を取《と》りあい、行列《ぎょうれつ》のほうへ歩《ある》いていく。

涼馬《りょうま》くんとあたしがああいう雰囲気《ふんいき》に……って、みじんも想像《そうぞう》できない。

手《て》をつなぐときは、**現場《げんば》のピンチに、命《いのち》づな的《てき》にだ。**

だいたい涼馬《りょうま》くんに恋《こい》バナなんてしたら、「浮《う》ついてんじゃねーぞ。気《き》を引《ひ》きしめろ」って、塩《しお》ぶちまけられるよ。

とにかく今《いま》は、**サバイバルの五か条《じょう》**を心《こころ》に、冷静《れいせい》に、説得《せっとく》、説得《せっとく》、説得《せっとく》……！

「――えっと、**マミちゃん？**」

横《よこ》からかかった声《こえ》に、あたしはワッと垂直《すいちょく》に飛《と》びあがった。

キャップを目深《まぶか》にかぶったシオンくんが、エンリョがちにあたしをうかがってる。

来《き》てくれた!!

なんとか落《お》ちつかせたはずの心臓《しんぞう》が、とたんにコントロールを失《うしな》ってバクバクし始《はじ》めた。

「あ、ありがとうっ。会《あ》えてよかった！」

ほんとに、**ほんとによかった……！**

「ぼくもよかった。昼間《ひるま》と印象《いんしょう》ちがわない？　人《ひと》ちがいだったらどうしようと思《おも》っちゃった」

彼《かれ》はつばを少《すこ》し上《あ》げて顔《かお》を見《み》せ、照《て》れくさそうに笑《わら》う。

涼馬《りょうま》くんがゼッタイしないような表情《ひょうじょう》に、ドキリとしちゃうけど。

でも、でもっ、この人《ひと》は涼馬《りょうま》くんなんだってわかった後《あと》だと、なおさらうれしい。

生《い》きてたんだ。**ほんとに生《い》きてる。**

できるなら、今《いま》すぐ首《くび》に飛《と》びつきたいよ。

涙《なみだ》までにじんできて、あたしはあわててハナをすすった。

「あたし、チケット買《か》っといたんだ。このまま乗《の》り場《ば》に行《い》っちゃお」

「マジで？　じゃあ、ずいぶん待《ま》たせちゃったんだ。ごめんね、ありがとう」

列《れつ》の後《うし》ろのほうへ歩《ある》きながら、彼《かれ》はりちぎに、自分《じぶん》のチケット代《だい》をわたしてきた。

カップルや家族《かぞく》づれの横《よこ》を通《とお》りすぎて、列《れつ》の最後尾《さいこうび》にならぶ。

まずは一つ、安心《あんしん》した。

ここに来《き》てくれたってことは、あたしたちが涼馬《りょうま》くんに近《ちか》づいたのは、**栗宮代表《くりみやだいひょう》にバレてないってことだよね。**

「シオンくん、さっき用事《ようじ》があったって言《い》ってたけど、大丈夫《だいじょうぶ》だった？　その……、家族《かぞく》は夜《よる》に出《で》かけてオッケーって？」

「用事《ようじ》はすぐ終《お》わったから。楽《たの》しんでおいでって、ニヤニヤされたよ」

家族《かぞく》。やっぱりシオンくんには、「いってらっしゃい」って送《おく》り出《だ》してくれるような、**にせもの**の「**家族《かぞく》**」がいるんだ。

あたしはとっさになにも言《い》えなくなっちゃって、彼《かれ》の横顔《よこがお》をうかがう。

「だけど……」

シオンくんが続《つづ》けた言葉《ことば》に、ドキッとした。

だけど？　なにか問題《もんだい》が起《お》こった⁉

彼《かれ》は周囲《しゅうい》に視線《しせん》をめぐらせて、「あそこ」と指《ゆび》さした。

カフェから出《で》てきた七海《ななみ》さんたちも、ハッとその指《ゆび》の方角《ほうがく》へ顔《かお》を向《む》ける。

チケットを買《か》うための、ならび列《れつ》のほうだ。

いっせいに警戒《けいかい》したあたしたちだけど――。

「シオン～～！　がんばれよ～～！」

列《れつ》のなかにいた男子《だんし》の集団《しゅうだん》が、大《おお》きく手《て》をふり、ぴょんぴょんジャンプしてる。

「な、なななんだぁっ、友《とも》だちかぁ」

栗宮代表《くりみやだいひょう》にバレたのかと思《おも》って、アセっちゃったよ。

「バス停《てい》で出《で》くわしたんだ。だれにも言《い》うなって約束《やくそく》だったのに、ごめんね」

「そ、それはぜんぜんっ。ダンスチームの人《ひと》たち？」

「とか、クラスのやつらとか」

シオンくんは苦笑《にがわら》い。

「連絡先《れんらくさき》、ちゃんと聞《き》いとけよー！」

「あとでカノジョの友《とも》だち紹介《しょうかい》して〜！」

冷《ひ》やかすみんなに、

「うるせー！」

彼《かれ》は大《おお》きな声《こえ》で言《い》い返《かえ》してから、アハハッと笑《わら》う。

あきれ顔《がお》で塩《しお》をぶちまけるんじゃないんだ——って、つい、まじまじと見《み》つめてしまう。

列《れつ》が一歩前《ぼまえ》へ進《すす》んで、あたしたちもゆっくり一歩《ぽ》。

「……シオンくんは、学校楽《がっこうたの》しい？」

「楽《たの》しいよ。あいつら騒《さわ》がしくてゴメンね。でも、**すごくいいヤツら**なんだ」

「そっかぁ」

笑顔《えがお》でうなずきながら、なんだかイヤな気持《きも》ちになった。

これって、……**ヤキモチ**か。

涼馬《りょうま》くんなのに、S組以外《エスぐみいがい》を自分《じぶん》の居場所《いばしょ》みたいに思《おも》ってるの、すごくイヤだ。

だけど、そもそもこんなことになってるのは、あたしたち兄妹《きょうだい》を守《まも》ってくれようとしたからで。

涼馬《りょうま》くんはなんにも悪《わる》くない。

なのにあたし、なんてことを考《かんが》えてるんだろう。

係《かかり》の人《ひと》にチケットの半券《はんけん》を切《き》ってもらって、乗《の》り場《ば》へ入《はい》る。

シオンくんには「親《おや》」がいて、友《とも》だちがいて……。

学校帰《がっこうがえ》りに遊《あそ》びに行《い》ったり、お祭《まつ》りではステージに参加《さんか》したり、楽《たの》しいことがいっぱいだ。

でも本当《ほんとう》の「風見涼馬《かざみりょうま》」は、家族《かぞく》は災害《さいがい》で亡《な》くなっちゃってる。

そういえば、A《エー》地区《ちく》の七夕祭《たなばたまつ》りだって、仮免呼《かりめんよ》びだしで行《い》けなかった。

そして常《つね》に、命《いのち》の危険《きけん》ととなりあわせの事件《じけん》に巻《ま》きこまれてる。

涼馬《りょうま》くんは家族《かぞく》と別《わか》れてから、今《いま》が一番楽《いちばんたの》しくて、安心《あんしん》して幸《しあわ》せにくらせてるのかもな。

……だって、こんな、ひたすら明《あか》るいだけの笑顔《えがお》なんて、見《み》たことなかった。


もしかして、あたしたちが連《つ》れて還《かえ》らないほうが、幸《しあわ》せなのかな?


自分《じぶん》の考《かんが》えに、あたしは下《した》くちびるを噛《か》んだ。

ちがう。そんなの**ダメ**だ。

栗宮代表《くりみやだいひょう》が、涼馬《りょうま》くんをこのまま放《ほう》っておいてくれるワケない。

なんでこんなに自由《じゆう》にさせてるのかナゾだけど、悪《わる》いことを考《かんが》えてるに決《き》まってるよ。

「マミちゃん、次《つぎ》だよ」

ゴンドラは、十人《にん》乗《の》れるかどうかってかんじの小《こ》ぶりなサイズだ。

乗客《じょうきゃく》は家族《かぞく》づれとカップルだけで、私兵《しへい》はいなそう。

ひとまずホッとした。

となりに座《すわ》ったママさんがデッカい人《ひと》で、あたしたちは肩《かた》がギュッとくっついちゃった。

そしたらシオンくんは大《おお》あわてで体《からだ》をはなす。

「ご、ごめん」

「いえいえっ」

その横顔《よこがお》が赤《あか》くなってて、あたしのほうまでこそばゆくなっちゃうな⁉

せまいとこで身《み》をよせあうのなんて、訓練《くんれん》でも現場《げんば》でもフツーなのに、**なんだこれっ。**

雰囲気《ふんいき》が別人《べつじん》の**「シオンくん」**だと、変《へん》なカンジだ。

しかも涼馬《りょうま》くんが、偽名《ぎめい》とはいえあたしのことを「ちゃん」づけって……、塩分《えんぶん》が薄《うす》すぎるよ。

ゴンドラが大《おお》きくゆれて、ロープウェイが動《うご》きだした。

駅《えき》から外《そと》へ飛《と》びだしたゴンドラは、ぐんぐん加速《かそく》して、急角度《きゅうかくど》で山《やま》の斜面《しゃめん》を登《のぼ》っていく。

あたしたちはガラス窓《まど》にはりつき、「おお〜っ」と歓声《かんせい》をあげる。

外《そと》はすっかり夜《よる》の色《いろ》。

真下《ました》はゲレンデのファミリーコースだ。

静《しず》かな銀世界《ぎんせかい》に、ロープウェイの照明《しょうめい》が光《ひかり》を投《な》げかけてる。

闇《やみ》のなかで雪《ゆき》の粉《こな》がきらきらして、**すっごくきれいだ。**

……三ヶ月《かげつ》もさがし続《つづ》けてた涼馬《りょうま》くんと、いま二人《ふたり》で、非日常《ひにちじょう》の景色《けしき》をながめてる。

なんだかふしぎだね。

ちらっととなりをうかがったら、夜景《やけい》を見下《みお》ろす彼《かれ》の瞳《ひとみ》も、きらめいてる。

「夜《よる》の山《やま》に登《のぼ》ることとなんてないから、新鮮《しんせん》だな」

「じゃあ、シオンくんは**ジンクス**のダイヤモンドも、見《み》たことない？」

「冬《ふゆ》の大三角《だいさんかく》のやつだよね？　あれなら、晴《は》れてる夜《よる》は町《まち》からふつうに見《み》えるよ」

「そっか、そりゃそうだ」

「でも、お祭《まつ》りの日《ひ》にわざわざ山《やま》のてっぺんでっていうのが、トクベツなんだろうね」

耳《みみ》のすぐとなりに響《ひび》く声《こえ》は、涼馬《りょうま》くんより明《あか》るい、まるい音《おと》だ。

「カノープスのほうは？　町《まち》からも見《み》える？」

「なにそれ？」

「あたしも昨日《きのう》教《おし》えてもらったんだけどね。すごくレアな星《ほし》らしいよ。見《み》ると長生《ながい》きで幸《しあわ》せになれるとか、平和《へいわ》なときしか見《み》られないとかって伝説《でんせつ》があるって」

「へぇー、カノープスか。あとで見《み》られるといいね」

「うん……」

でも、あたしは彼《かれ》をすぐさま帰《かえ》りのゴンドラに乗《の》せるのが任務《にんむ》なんだよな。

どうせいっしょに見《み》られないのに、ビミョーな話題《わだい》をふっちゃった。

「そういえば、マミちゃんはいつまでこっちにいるの？」

「今日《きょう》の夜《よる》には帰《かえ》るつもりだよ」

あなたもいっしょに──って、切《き》りだすタイミングが難《むずか》しい。

「えっ、夜《よる》、このあと？　……そうなんだ。いそがしいね」

つぶやいた彼《かれ》が、さびしそうに見《み》えた。

「あの、りょ、シオンくんさ。今日《きょう》はどうして来《き》てくれたの？　知《し》りあったばっかで、しかも一人《ひとり》で来《き》てって、自分《じぶん》で言《い》っちゃなんだけど、**あたし、めちゃくちゃあやしいよね？**」

真顔《まがお》で聞《き》いたら、シオンくんはきょとんとした。

「まさか。あやしいとは思《おも》わないよ。迷子《まいご》の萌《もえ》を助《たす》けてくれるような人《ひと》だし」

彼《かれ》は窓《まど》の下《した》のゲレンデをながめてから、あたしのほうに首《くび》を向《む》け、恥《は》ずかしそうに笑《わら》った。

「星祭《ほしまつ》りって、告白《こくはく》するためのイベントだって、クラスのヤツらから聞《き》いてたから。一瞬《いっしゅん》、マミちゃんもそうなのかななんて思《おも》っちゃったんだけど」

「へぁっ。そ、それはねっ、あのっ」

あたしは真《ま》っ赤《か》になって、あわてて首《くび》を横《よこ》にふる。

「やっぱりちがうよね？　さっきバス停《てい》で別《わか》れたときに、マミちゃんがすごくせっぱつまってるカンジがしたから。萌《もえ》の恩《おん》もあるし、話《はなし》があるなら聞《き》かなきゃって思《おも》ったんだ」

ゴンドラのお客《きゃく》さんたちは、きゃあきゃあおしゃべりしながら外《そと》をながめてる。

シオンくんは窓《まど》を向《む》いてた体《からだ》を、少《すこ》しあたしのほうに向《む》けた。

そして、どう言葉《ことば》にしようか迷《まよ》うような顔《かお》で、沈黙《ちんもく》する。

「……あのさ。昼間《ひるま》さがしてた、ぼくに似《に》てる男子《だんし》。見《み》つかった？」

あたしはなんとも答《こた》えようがなくて、だまっちゃった。

「そのコのことが、マミちゃんが『**来《き》て**』ってさそってくれたことに関係《かんけい》あったりする？」

あたしは彼《かれ》を見《み》つめた。

彼《かれ》の瞳《ひとみ》に、夜《よる》に舞《ま》う雪《ゆき》の粉《こな》みたいに、はかない光《ひかり》がゆれている。

……もしかして、シオンくんも不安《ふあん》だった？

ううんっ、考《かんが》えてみたら、**不安《ふあん》じゃないはずないよ。**

友《とも》だちや「家族《かぞく》」がいたって、自分《じぶん》のこれまでの人生《じんせい》がすっぽりぬけちゃってるんだもん。

この三ヶ月《かげつ》、今《いま》のくらしが**「なにか変《へん》だ」**って、モヤモヤしてたのかもしれない。

安心《あんしん》してくらせる場所《ばしょ》にいても、幸《しあわ》せいっぱいなだけじゃなくて、ずっと不安《ふあん》だったのかな。

なにか大事《だいじ》なことを忘《わす》れてるって、ちょっとはアセってくれてた？

しかもさっき、あたしのホイッスルに反応《はんのう》した。

あたしたちの存在《そんざい》が、頭《あたま》からぜんぶ消《き》えちゃったわけじゃないのかもしれない？

「――**ある。**関係《かんけい》あるよっ」

あたしは彼《かれ》の手《て》をつかむ。

「シオンくんは、**記憶《きおく》がない**よね。そうなったのは三ヶ月《かげつ》まえじゃない？」

「……っ」

にぎった彼《かれ》の手《て》が、ビクッと震《ふる》えた。

これはイエスの反応《はんのう》だ。
やっぱりこの人《ひと》は、ほんとにまちがいなく、あたしたちの涼馬《りょうま》くんだよ……！
確信《かくしん》したとたん、全身《ぜんしん》がブワッと熱《あつ》くなった。
そしたらもう、もう、考《かんが》えてた説得《せっとく》の筋《すじ》書《が》きなんて、ぜんぶ頭《あたま》から消《き》えちゃって。
あたしは両手《りょうて》に力《ちから》をこめ、まっすぐに言葉《ことば》をたたきつけた。
「だったら、あなたはっ。シオンくんじゃなくって、**風見涼馬《かざみりょうま》だよ！**」

12

せまるタイムリミット

「かざみりょうま……？」

彼《かれ》はあらためて、自分《じぶん》の名前《なまえ》をゆっくりと口《くち》にする。

だけど実感《じっかん》がわかないのか、眉《まゆ》をひそめた。

「そうだよ。あたしたちは、あなたをさがしてたんだ。あなたは、A地区《エーちく》の強勇学園《きょうゆうがくえん》で、S組《エスぐみ》に**通《かよ》ってる生徒《せいと》**なの。**いっしょにプロのサバイバーをめざす仲間《なかま》なんだよ。**それからあたしの名前《なまえ》は、ほんとはマミじゃなくて、マメなの。**双葉《ふたば》マメ**」

ふたばまめ、と、彼《かれ》は口《くち》のなかであたしの名前《なまえ》を転《ころ》がした。

ひさしぶりに、あたしの名前《なまえ》を呼《よ》んでくれた。

それがうれしすぎて、体中《からだじゅう》にトリハダが立《た》つ。

「……なんで、マミちゃ、マメちゃん、わざわざウソなんてついたの？」

「涼馬《りょうま》くんをさらった〝敵《てき》〟がいるんだ。その人《ひと》たちは、涼馬《りょうま》くんをA地区《エーちく》からN地区《エヌちく》に無理《むり》やり連《つ》れてきたの。あたしたちは涼馬《りょうま》くんを、ずーっとさがしてたんだよ」

「ぼくを、さらった……？　誘《ゆう》かい犯《はん》がいるってこと？　だけどぼくはN《エヌ》地区育《ちくそだ》ちだよ。引《ひ》っ越《こ》してきたのは、**市内《しない》で交通事故《こうつうじこ》にあって、記憶《きおく》が飛《と》んじゃって。その**リハビリのためなんだ。こっちに**専門《せんもん》の研究施設《けんきゅうしせつ》**があるから。さっきは『家族《かぞく》のつごうで引《ひ》っ越《こ》した』って、ぼくもマメちゃんに、ちょっとウソついちゃったけど」

あたしは絶句《ぜっく》した。

「……そんなふうに説明《せつめい》されてたんだ」

事故《じこ》のリハビリや、記憶喪失《きおくそうしつ》をなおすためって言《い》っておけば、あのプレハブの研究所《けんきゅうじょ》でなにをされても、変《へん》に思《おも》わないもんね。

もしかして、さっきの用事《ようじ》があるって話《はなし》も、そういうのでプレハブ施設《しせつ》に行《い》ってた？

そこには栗宮代表《くりみやだいひょう》や高梨《たかなし》さんがいるんだよね？

高梨《たかなし》さんは涼馬《りょうま》くんに変《へん》なことしないって信《しん》じたいけど――。

あの人《ひと》って**トコトン研究第一《けんきゅうだいいち》**だから、いまの状況《じょうきょう》でどっちを取《と》るか、読《よ》みきれないよ。

あたしは一気《いっき》にいろんなことを考《かんが》える。

もう出発《しゅっぱつ》から十分《ぷん》はすぎてる。あと五分《ふん》で頂上《ちょうじょう》だ。

まだ難《むずか》しい顔《かお》をして考《かんが》えこんでる彼《かれ》の手首《てくび》を、しっかりとつかみなおす。

どんな状況《じょうきょう》だろうと、あたしはこの手《て》を、もう二度《にど》とはなさないからっ。

いっしょに還《かえ》ろう——！

そう言《い》おうとした時《とき》、ぐわんっと、ゴンドラが左右《さゆう》に大《おお》きくゆれた。

お客《きゃく》さんたちが悲鳴《ひめい》を上《あ》げる。

あたしはとっさに空《あ》いてる左手《ひだりて》でポールをつかみ、涼馬《りょうま》くんはあたしの右手《みぎて》をつかみ返《かえ》した。

「ビックリしたっ。すごいゆれるね」

「風《かぜ》が強《つよ》いんだ」

ゴンドラは右《みぎ》に、左《ひだり》に、まるで振《ふ》り子《こ》みたいに大《おお》きくゆれ続《つづ》ける。

みんな、最初《さいしょ》はジェットコースターに乗《の》ってるときみたいな悲鳴《ひめい》だったのが、「これ、マジでヤバいのかもしれない」って、だんだん顔《かお》がこわばっていく。

窓《まど》の外《そと》に見《み》える次《つぎ》のゴンドラも、風《かぜ》にあおられて、見《み》てわかるほどスウィングしてる。

『お客《きゃく》さまにご連絡《れんらく》いたします。強風《きょうふう》のため、速度《そくど》を落《お》として運行《うんこう》します。強風《きょうふう》のため、速度《そくど》を落《お》として運行《うんこう》します』

スピーカーから響《ひび》いた放送《ほうそう》に、みんなごくりとノドを鳴《な》らした。

ぐわんっ、ぐわんっと、ゴンドラがゆれるたび、内臓《ないぞう》がフワッと浮《う》くかんじがする。

みんな悲鳴《ひめい》をあげ、ポールや手《て》すりにすがりつく。

ゆっくり進行《しんこう》だけど、まだゴンドラは動《うご》いてる。

ここでだれかパニックを起《お》こしたら、ケガ人《にん》が出《で》るかもしれない。

涼馬《りょうま》くんだって、S組《エスぐみ》で訓練《くんれん》してきた記憶《きおく》がないんだから、不安《ふあん》だよね。

サバイバーの卵《たまご》として、あたしが一番《いちばん》しっかりしてなきゃ――!

時間帯《じかんたい》のおかげか、お客《きゃく》さんに赤《あか》ちゃんみたいな小《ちい》さい子《こ》はいない。

だけどすぐそこで、ペット用《よう》のケージを抱《かか》えてるお姉《ねえ》さんがよろめいた。

さらに反対《はんたい》がわへのゆれもどしに、他《ほか》の人《ひと》も巻《ま》きこんで転《ころ》びそうになる。

ケージの中《なか》には子犬《こいぬ》が入《はい》ってるんだ。

キャンキャンッって甲高《かんだか》い鳴《な》き声《ごえ》が聞《き》こえてくる。

「みんな、床《ゆか》に座《すわ》って、手《て》すりをつかんで!　お姉《ねえ》さん、ケージも下《した》に置《お》いてくださいっ」

あたしは思《おも》わず声《こえ》をあげた。

たぶん、**重心《じゅうしん》が低《ひく》いほうがふっ飛《と》ばされにくいよねっ？**

逃《に》げ場《ば》がない場所《ばしょ》で竜巻《たつまき》とかダウンバーストにあっちゃったときも、身《み》をふせろだもん。

みんながあたしに注目《ちゅうもく》して、立《た》ってる人《ひと》たちは、あわててその場《ば》に腰《こし》を下《お》ろしてくれた。

全員《ぜんいん》がポールや手《て》すりをちゃんとつかめたのを確認《かくにん》して、ちょっとホッとする。

さっきのお姉《ねえ》さんに席《せき》をかわってあげようと腰《こし》を浮《う》かせたら、涼馬《りょうま》くんに引《ひ》きもどされた。

「**動《うご》かないで。マミ……マメちゃんだって危《あぶ》ないよ**」

今《いま》の彼《かれ》は〝ふつうの小学生《しょうがくせい》〟のはずなのに。

むしろ、今《いま》までより強《つよ》い色《いろ》の瞳《ひとみ》になってる。

シオンくんの中《なか》に隠《かく》れた「**風見涼馬《かざみりょうま》**」に会《あ》えたような気《き》がして、あたしはこんな時《とき》なのに、うれしくなってしまう。

涼馬《りょうま》くん……ってつぶやきかけたとき、また、ゴンドラが大《おお》きく風《かぜ》にあおられた。

「うわっ」

中腰《ちゅうごし》だったあたしは、言《い》われたそばから、あお向《む》けにひっくり返《かえ》る！

　どさっ。

涼馬《りょうま》くんがあたしの背中《せなか》を受《う》け止《と》めてくれた。

「ご、ごめんっ」

だけど今度《こんど》はゆりもどしで、前《まえ》にふっ飛《と》ばされそうに！

彼《かれ》は右手《みぎて》でポールをつかんだまま、左《ひだり》の腕《うで》でがっちりあたしを抱《だ》きこんでくれる。

ゴンドラはゆさぶられながらも、まだ山《やま》を登《のぼ》っていく。

ほかのお客《きゃく》さんたちは、もう無言《むごん》になって必死《ひっし》にポールにしがみついてる。

みんな先《さき》に座《すわ》っててもらって、正解《せいかい》だったかも。

ゆさぶられても、床《ゆか》の上《うえ》をおしりがずるずる動《うご》くていどだ。

あたしは涼馬《りょうま》くんに抱《かか》えこまれたまま、ゆれが落《お》ちつくのを待《ま》つ。

「あ、ありがと、涼馬《りょうま》くん」

「ちゃんと手《て》すりをつかんでて。……それから、ごめん。やっぱりぼくは、その〝リョウマ〟って人《ひと》とは、別人《べつじん》だよ。強勇学園《きょうゆうがくえん》に通《かよ》ってたなんて、聞《き》いたことないもの。ぼくのアダ名《な》だったのかもと思《おも》ったけど、苗字《みょうじ》もちがうし。**混乱《こんらん》するから、シオンって呼《よ》んでほしい**」

息《いき》がかかるほど、すぐそこにある表情《ひょうじょう》が、しんどそうにゆがんでる。

記憶《きおく》を取《と》りもどせって追《お》いつめるのはダメだって、楽《がく》さんに言《い》われてる。

これ以上《いじょう》、刺激《しげき》するのはマズいんだ。

「……うん。わかった」

あたしはもどかしさに、歯《は》を食《く》いしばりながらうなずいた。

そして彼《かれ》のひざからどいたタイミングで、イヤホンから、ザザッと無線《むせん》がつながる音《おと》がした。

『マメさん。ふもと駅《えき》より、七海《ななみ》です』

あたしはシオンくんに気《き》づかれないよう、耳《みみ》を押《お》さえる。

『衛星《えいせい》の天候《てんこう》シミュレーションによると、このあと、さらに風《かぜ》が強《つよ》まり、吹雪《ふぶき》になります』

ふ、吹雪《ふぶき》!?

声《こえ》に出《だ》しそうになっちゃった。

出発《しゅっぱつ》まえに天気《てんき》をチェックしたときは、問題《もんだい》なさそうだったのに、なんで。

——でも、そうだ。山《やま》の天気《てんき》は読《よ》みきれないって、彩羽《あやは》さんが教《おし》えてくれた。

今《いま》は衛星《えいせい》レーダーで90%くらいは予測《よそく》できるらしいんだけど、残《のこ》りの10%は、まだハズれる可《か》能性《のうせい》があるって。

『お祭《まつ》りは、すぐに中止《ちゅうし》になるでしょう。ですから、U《ユー》ターンするゴンドラに乗《の》るのは、とても自然《しぜん》な流《なが》れです。マメさん、天気《てんき》が味方《みかた》してくれましたね』

あたしはゴンドラが、ゆっくりゆっくり頂上駅《ちょうじょうえき》に向《む》かってるのを確認《かくにん》しながら、心《こころ》のなかで

「了解《ラジャー》」と応《こた》えた。

「シオンくん。外《そと》、吹雪《ふぶき》が来《き》そうだよ。そしたらお祭《まつ》りも中止《ちゅうし》になるよね。頂上《ちょうじょう》に着《つ》いたら、**すぐに**帰《かえ》りのゴンドラに乗《の》って、ふもとにもどらない？」

「えっ、そうなの？」

「うん。山《やま》のふもとから風《かぜ》が吹《ふ》きあがってくると、てっぺんで、積乱雲《せきらんうん》っていう危険《きけん》な雲《くも》ができやすいんだ。これだけ風《かぜ》が強《つよ》いし、外《そと》もめちゃくちゃ寒《さむ》いし、その雲《くも》のせいで、**いつ吹雪《ふぶき》が始《はじ》まってもおかしくなさそう**。すぐ下《お》りたほうがいいと思《おも》う。ロープウェイの運行《うんこう》が止《と》まっちゃったら、帰《かえ》れなくなるもん」

あたしは早口《はやくち》で説得《せっとく》にかかる。

とにかく帰《かえ》りのゴンドラに乗《の》ってもらいさえすれば、ふもと駅《えき》に着《つ》くまで、また説得《せっとく》の時間《じかん》がかせげるよ。

「──わかった。もどろう」

「えっ」

あたしは目《め》が点《てん》になった。

こんなに、あっさりオーケーでいいの？

「夜《よる》の山《やま》で吹雪《ふぶき》なんて、なにが起《お》こるかわかんないよね。危険《きけん》なら無理《むり》しないほうがいい」

「う、うんっ。それがいいよね」

もっと説得《せっとく》が大変《たいへん》だと思《おも》ってたから、拍子《ひょうし》ぬけだ。

けど、さすが涼馬《りょうま》くんってこと？

「サバイバルの五か条《じょう》」の**「イ」**、**「命《いのち》を大切《たいせつ》にせよ」**が、しみついてるのかな。

すでに頂上駅《ちょうじょうえき》でスタンバイ中《ちゅう》のユウジさんたちも、あたしたちの会話《かいわ》を聞《き》いて、撤収《てっしゅう》する準備《じゅんび》を始《はじ》めてるはずだ。

次《つぎ》のミッションは、GPS《ジーピーエス》ピアスをはずしてもらって、頂上駅《ちょうじょうえき》に置《お》いていくこと。

予定《よてい》では、**「それかわいいね、見《み》せて〜」**って軽《かる》いノリで借《か》りて。

わざと落《お》として**「ごめん！　なくしちゃった！」**ってやろうと思《おも》ってたんだけど。

そんなの、この災害一歩手《さいがいいっぽて》まえみたいな状況《じょうきょう》で、不自然《ふしぜん》すぎだよね。

ゆれたはずみに抱《だ》きついて、ピアスにそででも引《ひ》っかかっちゃったフリで行《い》く？

考《かんが》えてるうちに、ゴンドラが駅《えき》に入《はい》り、ゴトゴトッと音《おと》を立《た》ててレールに乗《の》った。

待《ま》ち受《う》けてたスタッフさんが、とびらの窓《まど》のむこうに見《み》えてくる。

さっきのワンちゃんづれのお姉《ねえ》さんが、ホーッと息《いき》をつく。

「着《つ》いた、よかった……！」

ほかのお客《きゃく》さんたちも、よかったよかったって、笑顔《えがお》になった。

ゴンドラのとびらが開《ひら》き、外《そと》のキンと冷《つめ》たい空気《くうき》が流《なが》れこんでくる。

スタッフのお兄《にい》さんが、心配顔《しんぱいがお》で車内《しゃない》の人《ひと》たちを見《み》まわした。

「おケガをなさった方《かた》、ご気分《きぶん》のわるい方《かた》はいらっしゃいませんか？　ゆっくり、お一人《ひとり》ずつ降《お》りてください」

あたしたちは最後《さいご》に降《お》りることにして、みんなが出《で》ていくのを見守《みまも》る。

さっき転《ころ》びかけたお姉《ねえ》さんに、頭《あたま》をさげられた。

「ありがとね。おかげでケガしないですんだよ。中学生《ちゅうがくせい》かな？　しっかりしてるね」

「ただ、座《すわ》ってって言《い》っただけなんで」

でも、S組生徒《エスぐみせいと》らしくやれたなら、よかった。

お姉《ねえ》さんに手《て》をふってたら、シオンくんがあたしをジッと見《み》つめていた。

「……**マメちゃんが特命生還士《サバイバー》の卵《たまご》**って、ちょっと信《しん》じられる気《き》がする」

「えへへ、そう？　だったらうれしいなぁ」

でもほんとはシオンくん——涼馬《りょうま》くんこそ、めちゃくちゃスゴい、**あたしたちのリーダー**

なんだよ。

あたしたちもゴンドラから降《お》りた、そのタイミングで。

駅《えき》のスピーカーと車内《しゃない》のスピーカーから、同時《どうじ》に放送《ほうそう》が聞《き》こえた。

『お客《きゃく》さまには、たいへんご迷惑《めいわく》をおかけしております。強風《きょうふう》のため、この後《あと》、ロープウェイの運行《うんこう》は、一時中止《いちじちゅうし》となります。お客《きゃく》さまは待合《まちあい》ホールにて、運転《うんてん》の再開《さいかい》をお待《ま》ちください』

下山用《げざんよう》の乗《の》り場《ば》を探《さが》そうとしてたあたしは、棒立《ぼうだ》ちになった。

「ウ、ウソでしょ⁉　もう止《と》まっちゃうっ？」

「マメちゃんの言《い》ってたとおりだ。こまったね」

あたしは大《おお》あわてで、近《ちか》くのスタッフさんに飛《と》びついた。

「あのっ、このまま帰《かえ》りのゴンドラに乗《の》りたいんですけどっ」

「すみません〜。今《いま》は新《あら》たに乗車《じょうしゃ》できないんですよ。運転再開《うんてんさいかい》までお待《ま》ちください」

「えええ……⁉」

天気《てんき》が味方《みかた》してくれたと思《おも》ったら、逆《ぎゃく》に天気《てんき》にジャマされちゃったよ……！

13 吹雪《ふぶき》の山《やま》の緊急事態《きんきゅうじたい》！

ロープウェイのゲートを出《で》ると、駅《えき》の待合《まちあい》ホールは大混雑《だいこんざつ》だ。

まだ新《あたら》しい広々《ひろびろ》とした建物《たてもの》で、見《み》まわしたかんじ、学校《がっこう》の体育館《たいいくかん》くらいありそう？

奥《おく》にはお土産屋《みやげや》さんにカフェ、休《きゅう》けい用《よう》のテーブルコーナーも見《み》える。

ベンチもテーブルまわりも、特《とく》に石油《せきゆ》ストーブのまわりは、人《ひと》がぎっしりだ。

ちらほらとペットのすがたも。

そして「星祭《ほしまつ》り受付《うけつけ》」の看板《かんばん》のそばには、はっぴを着《き》たお祭《まつ》りスタッフさんたち。

テラスへの出入《でい》り口《ぐち》には、やっぱり「強風《きょうふう》により封鎖中《ふうさちゅう》」って大《おお》きな紙《かみ》が張《は》ってある。

スタッフさんはてんてこ舞《ま》いで、「お祭《まつ》りどうなるの!?」とつめ寄《よ》る人《ひと》の対応《たいおう》に当《あ》たってる。

「見《み》て、マメちゃん。外《そと》がすごいよ」

「うわっ、ほんとだね。テントが飛《と》んでっちゃいそう」

壁《かべ》は全面《ぜんめん》ガラスばり。

水滴《すいてき》でくもったガラスのむこうに、屋台《やたい》のテントがバタバタゆさぶられてるのが見《み》える。

あたしはホールの人《ひと》ごみの中《なか》に、ユウジさんたち待機《たいき》メンバーをさがす。

到着《とうちゃく》したのは分《わ》かってくれてるはずだけど――、

「どなたか、**小学校二年生《しょうがっこうにねんせい》くらいの、五人《にん》グループ**を見《み》かけませんでしたかーっ？」

大《おお》きく響《ひび》いた声《こえ》に、あたしはハッと首《くび》を向《む》けた。

今《いま》の、千早希《ちさき》さんの声《こえ》だった。

「あっ、マメちゃん！」

すぐにむこうも気《き》づいてくれて、ナオトさんといっしょに駆《か》けよってきてくれた。

二人《ふたり》は**「涼馬《りょうま》くん」**を目《ま》の当《あ》たりにして、一瞬《いっしゅん》、言葉《ことば》を失《うしな》う。

ガマンしきれなかった涙《なみだ》が、彼《かれ》らの目《め》ににじんだ。

本人《ほんにん》はけげんそうな顔《かお》で、説明《せつめい》をもとめてあたしを見《み》る。

「S組《エスぐみ》のセンパイなんだ。ナオトさんと千早希《ちさき》さん」

「S組《エスぐみ》の……。マメちゃんがさがしてる〝**カザミリョウマ**〟のセンパイか」

彼《かれ》は呑《の》みこみきれないように、眉《まゆ》をひそめる。

「りょ――シオンくん。いろいろ説明《せつめい》したいところなんだけど。後《あと》でいいかな」

「要救助者《ようきゅうじょしゃ》が発生《はっせい》したの。わたしたち、そっちに協力中《きょうりょくちゅう》なんだ」

ナオトさんも千早希《ちさき》さんも、サバイバーの顔《かお》に切《き》りかえて、後《うし》ろの受付《うけつけ》をふり向《む》いた。

頂上駅《ちょうじょうえき》では、お祭《まつ》り中止《ちゅうし》よりも、**ずっと深刻《しんこく》な事態《じたい》**になってたんだ。

受付《うけつけ》のまえで、真《ま》っ青《さお》な顔色《かおいろ》のおじさん二人《ふたり》が、ウロウロと行《い》きつ戻《もど》りつしてる。

二人《ふたり》は親《しん》せきどうしで、自分《じぶん》んちのコたちを連《つ》れてきてたんだって。

テーブルコーナーでビールを飲《の》みつつ、窓《まど》ごしに、子《こ》どもたちが外《そと》のテラスで遊《あそ》んでるのをながめてた。

星空観察用《ほしぞらかんさつよう》のテラスは、木《き》の柵《さく》でかこまれたウ

ッドデッキ。

スタッフさんもいるから、放《ほう》っておいても大丈夫《だいじょうぶ》だと思《おも》ってたんだって。

けど、ちょっと目《め》をはなしたすきに、**全員《ぜんいん》そろっていなくなってたん**だそうだ。


——小学校《しょうがっこう》二年生《ねんせい》のゆくえ不明者《ふめいしゃ》が、五人《にん》。


しかも完全《かんぜん》に暗《くら》くなった時間《じかん》の、山《やま》のてっぺんで、じきに吹雪《ふぶき》になる強風《きょうふう》のなかだ。

条件《じょうけん》がサイアクすぎるよ……っ。

今《いま》ここにいるサバイバーのプロは、ユウジさんだけ。

S組《エスぐみ》メンバーは、千早希《ちさき》さん、ナオトさん、彩羽《あやは》さんとクロ。

みんなで外《そと》のテラスと、待合《まちあい》ホールの中《なか》をさがしまわってたところだそうだ。

ユウジさんが、受付《うけつけ》のテーブルにマップを広《ひろ》げた。

「帰《かえ》りのロープウェイに乗《の》ってなかったか、英利子《えりこ》たちが監視《かんし》カメラをチェックしてくれてる。

先《さき》に帰《かえ》っちゃったんでなければ、まだ近《ちか》くにいるはずだ」

この現場《げんば》のリーダーは**ユウジさん**だ。

キャンパーで絶対的地理感覚《ぜったいてきちりかんかく》を持《も》つ彼《かれ》は、ゆくえ不明者《ふめいしゃ》さがしのプロ。

まさにこの現場《げんば》にうってつけだよ……！

保護者《ほごしゃ》のおじさん二人《ふたり》も、お祭《まつ》りの責任者《せきにんしゃ》さんも、ユウジさんがサバイバーだと知《し》って、泣《な》いちゃいそうなくらいホッとしてる。

おじさんたちが「**いない**」って気《き》づいたのは、十分《ぷん》ほど前《まえ》だそうだ。

「駅《えき》の建物《たてもの》にもテラスにもいなかったら、山《やま》に出《で》ちゃった可能性《かのうせい》がある。その場合《ばあい》は、」

彼《かれ》の指《ゆび》は、マップの上《うえ》。

頂上駅《ちょうじょうえき》の建物《たてもの》にくっついた、半円《はんえん》の形《かたち》をしたテラスに置《お》かれた。

「テラスの外《そと》は、なだらかな丘《おか》だ。丘《おか》の外《そと》はうっそうとした森《もり》だから、さすがに入《はい》っていかないと思《おも》う。だけど、整備《せいび》された遊歩道《ゆうほどう》が二本《ほん》ある。**もっとも危険《きけん》なのは、ここ**」

彼《かれ》の指《ゆび》が、森《もり》のあいだの細《ほそ》い道《みち》を少《すこ》したどって、すぐに止《と》まった。

あたしはユウジさんのツメの先《さき》に、ぎくりとした。

マップの青《あお》い線《せん》は、川《かわ》の記号《きごう》だったはず。

その青《あお》い線《せん》を、黒《くろ》い棒《ぼう》が横切《よこぎ》って、上《うえ》に黒丸《くろまる》が二つついてる。

「この記号《きごう》って、たしか……っ」

「滝《たき》だね。道《みち》の一本《ぽん》は滝《たき》の見学《けんがく》コースなんだ。お子《こ》さんたちが滝《たき》に行《い》ったことは？」

「な、何度《なんど》もあります。でも春《はる》や夏《なつ》の話《はなし》で、雪《ゆき》が積《つ》もってる時《とき》はないです」

おじさんは青《あお》ざめた顔《かお》で、震《ふる》えながら答《こた》える。

「わかりました。道《みち》は知《し》ってるんですね。……こっちに入《はい》ってたら、**本格的《ほんかくてき》にマズいな**」

ナオトさんが、いつになくカタい声《こえ》で言《い》う。

もし雪《ゆき》にすべって、**川《かわ》や滝《たき》つぼに落《お》っこちた**なんてコトになったら――。

ぶわわっと体中《からだじゅう》に震《ふる》えが走《はし》る。

となりで千早希《ちさき》さんがうなった。

「でも、こんな暗《くら》いなかを、テラスから出《で》るかな？　小《ちい》さいコたちだけなのに」

あたしは自分《じぶん》が低学年《ていがくねん》だったときのことを思《おも》い出《だ》して、首《くび》を横《よこ》にふる。

「低学年《ていがくねん》ならかえって、やんちゃしたくなるかも。度胸《どきょう》だめしに盛《も》りあがっちゃって、引《ひ》くに引《ひ》けなくなったりして」

あたしも経験《けいけん》があるよ。

この道《みち》をまっすぐ行《い》ったら、どこに着《つ》くか試《ため》してみよう――って、友《とも》だちとずーっと歩《ある》き続《つづ》けて、だれも「帰《かえ》ろう」って言《い》いだせないまま、夜《よる》になっちゃったコトがあった。

あの時《とき》は**ノドカ兄《にい》**が、自転車《じてんしゃ》でさがしに来《き》てくれたんだ。

「ぼくもそう思《おも》う。冒険《ぼうけん》のノリなら、あえて親《おや》に言《い》わないよ」

口《くち》をはさんだのは、なんと**シオンくん**だ。

彼《かれ》は涼馬《りょうま》くんと同《おな》じ瞳《ひとみ》でマップを見《み》つめてる。

「——お待《ま》たせ！」

そこに、彩羽《あやは》さんがクロとともに駆《か》けもどってきた。


クロは、子《こ》どもたちの上着《うわぎ》のにおいをかいで、建物《たてもの》を一周《しゅう》してきてくれたんだって。

「残念《ざんねん》だけど**見《み》つけられなかった**。だけど、要救助者《ようきゅうじょしゃ》がここにいないのか、たんにクロが人間《にんげん》のにおいをかぎわけるトレーニングをしてないせいなのか、アタシにはなんとも言《い》えない」

一瞬《いっしゅん》、みんなシンとなった。

そこにふもとからの交信《こうしん》が入《はい》った。

監視《かんし》カメラのチェックが終《お》わったけど、下《くだ》りのロープウェイに、五人《にん》の姿《すがた》はなかったたって。

待合《まちあい》ホールでも、迷子《まいご》のおしらせは何度《なんど》も入《い》れてくれてるけど、反応《はんのう》なし。

「……じゃあ、やっぱり外《そと》に出《で》たか」

ユウジさんがつぶやく。

『現在《げんざい》、雨雲《あまぐも》が育《そだ》ちはじめています。早《はや》くて、二十分《ぷん》ほどで吹雪《ふぶき》になるでしょう』

七海《ななみ》さんの声《こえ》がイヤホンから聞《き》こえる。

あと二十分《ぷん》で吹雪《ふぶき》!?

あたしたちは窓《まど》の外《そと》を見《み》やり、楽《がく》さんの声《こえ》が続《つづ》く。

『今《いま》の状況《じょうきょう》を確認《かくにん》するね。山岳救助《さんがくきゅうじょ》チームに応援《おうえん》をたのんだけど、風《かぜ》のせいでヘリコプターは飛《と》ばせないって。彼《かれ》らもこっちに向《む》かってくれてるけど、ロープウェイが動《うご》いてないと、徒歩《とほ》で頂《ちょう》上《じょう》までは四時間《じかん》かかる。吹雪《ふぶき》が始《はじ》まったら、いずれにせよ捜索中止《そうさくちゅうし》だ。しかも現場《げんば》にいるプロは、ユウジさんだけ。たったの二十分《ぷん》じゃ、周辺《しゅうへん》をチェックしきれない』

楽《がく》さんはたんたんと、どうにもできない状況《じょうきょう》を教《おし》えてくれる。

『そこで、海和田司令《かいわだしれい》はめちゃくちゃイヤがったけど、今《いま》のところ、なだれが起《お》きやすい気温《きおん》ではないし、とうとう折《お》れてくれました。S組《エスぐみ》メンバーも人命検索《じんめいけんさく》を手伝《てつだ》ってほしいって』

みんなでハッと顔《かお》を見合《みあ》わせた。

『ただし条件《じょうけん》つきだ。吹雪《ふぶき》になるまえ、二十分以内《ぷんいない》に駅《えき》へもどれるところまで。森《もり》、および滝《たき》ルートには絶対《ぜったい》に入《はい》らないって条件《じょうけん》つき。時間《じかん》との戦《たたか》いだけど、みんな、やってくれる?』

「「「了解《ラジャー》!」」」

あたしたちは大《おお》きな声《こえ》をそろえる。

クロも「了解《ラジャー》」のかけ声《ごえ》は聞《き》きなれてるんだ。

ピッと背《せ》すじを伸《の》ばし、りりしい顔《かお》つきになった。

シオンくんだけがあたしたちの中《なか》に入《はい》れず、とまどい顔《がお》でみんなを見《み》くらべる。

『ありがとう。ミサトさんと英利子《えりこ》さん、うてなちゃんは、引《ひ》きつづき、あちらの私兵《しへい》の警戒《けいかい》に当《あ》たってる。みんなはユウジさんの指示《しじ》にしたがって、ぼくと七海《ななみ》のナビで連《れん》けいを』

楽《がく》さんは通信《つうしん》を切《き》るまえに、一呼吸《ひとこきゅう》を置《お》いた。

『みんな。**必《かなら》ずちゃんと還《かえ》ってこい。待《ま》ってる**』

プツッと交信《こうしん》が切《き》れた。

あたしたちはユウジさんに目《め》をもどす。

彼《かれ》もやっぱり、あたしたちを作戦《さくせん》に入《い》れるのは、すんごくイヤそうだけど。

でも、要救助者《ようきゅうじょしゃ》たちは上着《うわぎ》まで親《おや》にあずけちゃってて、防寒《ぼうかん》もできてない。

迷子《まいご》になったまま吹雪《ふぶき》が始《はじ》まったら、本格的《ほんかくてき》に命《いのち》が危《あぶ》ない。

あと二十分《ぷん》で見《み》つけなきゃ……！

「みんなにたのむのは、安全度《あんぜんど》の高《たか》い**丘《おか》の範囲《はんい》だけ**だ。それでも油断《ゆだん》せず、海和田司令《かいわだしれい》からの条《じょう》件《けん》を守《まも》れるね？」

強《つよ》くうなずいたあたしたちに、ユウジさんはさっそく装備《そうび》を配《くば》ってくれる。

「わたしも入《はい》ります。登山《とざん》がシュミで、雪山《ゆきやま》もよく登《のぼ》りますから」

お祭《まつ》り責任者《せきにんしゃ》のおじさんが立《た》ち上《あ》がった。

「勝又《かつまた》さん、ありがとうございます」

そしてお父《とう》さんたちも身《み》を乗《の》りだす。

「おれたちも加《くわ》えてください！」

「生徒《せいと》さんたちにまでお願《ねが》いして、おれたちが行《い》かないなんて、できません……っ」

「では、S組生徒《エスぐみせいと》と同《おな》じ条件《じょうけん》でたのみます。無線《むせん》からの合図《あいず》が出《で》たら、必《かなら》ず引《ひ》きかえしてください。そして、必《かなら》ず二人《ふたり》一組《くみ》で行動《こうどう》してもらいます。ペアは――、」

ユウジさんが続《つづ》けようとしたとき、「ぼくも」とカクゴを決《き》めたような声《こえ》が、低《ひく》く響《ひび》いた。

「ぼくも行《い》きます」

もと行き
ぷうりば
Ticket

今《いま》の、だれ？　あたしは耳《みみ》をうたがった。

バッと後《うし》ろを見《み》たら、**シオンくんだ。**

彼《かれ》が涼馬《りょうま》くんと同《おな》じ、赤《あか》く燃《も》えるような瞳《ひとみ》でユウジさんを見《み》すえてる。

あたしの視界《しかい》に、シオンくんと涼馬《りょうま》くんの横顔《よこがお》が、ぴったり重《かさ》なって映《うつ》る。

「涼馬《りょうま》くん……」

やめてって言《い》われたのに、その名前《なまえ》が口《くち》からこぼれちゃった。

……この人《ひと》は風見涼馬《かざみりょうま》だ。どこまでも、**救けに行って還る人《サバイバー》**なんだ。

記憶《きおく》がなくたって、涼馬《りょうま》くんは、もう**魂《たましい》がそう**なんだよ……！

背骨《せぼね》を熱《あつ》い震《ふる》えが駆《か》けのぼってくる。

「でも、記憶喪失《きおくそうしつ》のコを、作戦《さくせん》にくわえて大丈夫《だいじょうぶ》かな」

ナオトさんも目《め》を赤《あか》くしながら、だけど冷静《れいせい》に意見《いけん》する。

「そうだよね。今《いま》、この現場《げんば》には地下組織《ちかそしき》だって近《ちか》づけないはずだから、また連《つ》れさられる心配《しんぱい》はしなくていいだろうけど……、安全面《あんぜんめん》で不安《ふあん》よね」

千早希《ちさき》さんがうなずいた。

あたしたちの視線《しせん》を受《う》け、ユウジさんはアゴに手《て》を当《あ》てる。

「……逆《ぎゃく》に、任務《にんむ》に入《はい》れば記憶《きおく》がもどるかもしれないか？」

彼《かれ》が迷《まよ》った時間《じかん》は、ほんの数秒《すうびょう》だった。

すぐに判断《はんだん》をして、「わかった」と、シオンくんにも装備《そうび》のセットを手渡《てわた》す。

「ただし、今《いま》のキミがどれくらい動《うご》けるのか分《わ》からない。ペアは観察眼《かんさつがん》のするどいマメちゃんにする。マメちゃん。**彼《かれ》の行動《こうどう》に不安《ふあん》があったら、その時点《じてん》で引《ひ》きかえして。**オーケー？」

「了解《ラジャー》！」

あたしはすぐさま応《こた》える。

「いいかい、りょ……シオンくん。**マメちゃんの足手《あしで》まといになっちゃいけない。**キミが無理《むり》をしたら、彼女《かのじょ》の命《いのち》にかかわるんだ。自分《じぶん》の限界《げんかい》まえに、もどって来《こ》られるね？」

「わかりました」

なんだか、すごいことになってる。

涼馬《りょうま》くんが「マメの足手《あしで》まといになるな」なんて、クギをさされる日《ひ》がくるなんて。

あたしたちは担当《たんとう》エリアのマップを頭《あたま》にたたきこみながら、ぶ厚《あつ》いグローブを装着《そうちゃく》する。

「**注意《アテンション》！**　これより**小学生《しょうがくせい》五名《めい》の人命検索《じんめいけんさく》**を開始《かいし》する！　二十分《ぷん》以内《いない》に、駅《えき》へ帰還《きかん》せよ！」

「「「「了解《ラジャー》！」」」」

みんなで声《こえ》をそろえる。

そこにちゃんと、シオン……涼馬《りょうま》くんの声《こえ》が加《くわ》わってたのを、あたしは、そしてたぶんみんなも、聞《き》きのがさなかった。

三ケ月《かげつ》ぶりの、涼馬《りょうま》くんの「了解《ラジャー》」だよ……！

応答《おうとう》一つが、こんなにもうれしいなんて。

あたしは勝手《かって》に目《め》がうるんじゃって、グローブの手《て》の甲《こう》を、ギュッとまぶたに押《お》しあてた。

14 注意《アテンション》、要救助者《ようきゅうじょしゃ》をさがしだせ！

丘《おか》の東《ひがし》がわは、急《きゅう》な上《のぼ》り坂《ざか》になってる。

そこを登《のぼ》ったところが山《やま》の頂上《ちょうじょう》なんだけど、周囲《しゅうい》は**なだれの多発地帯《たはつちたい》**。

まさにその斜面《しゃめん》の下《した》に、**滝《たき》へ向《む》かう東遊歩道《ひがしゆうほどう》**があるんだって。

あたしたちS組《エスぐみ》は、そっちへ近《ちか》づくのは禁止《きんし》。

滝《たき》ルートは、**ユウジさんと責任者《せきにんしゃ》の勝又《かつまた》さん**が担当《たんとう》することになった。

町《まち》まで続《つづ》く西遊歩道《にしゆうほどう》は、山《やま》に慣《な》れてる**彩羽《あやは》さんとクロ、要救助者《ようきゅうじょしゃ》のお父《とう》さん二人《ふたり》**。

丘《おか》の残《のこ》りのエリアを、**千早希《ちさき》さん・ナオトさんペア**、

あたしとシオンくんペアが担当《たんとう》する。

あたしたちはさっそく、担当《たんとう》エリアに出動《しゅつどう》した。

要救助者《ようきゅうじょしゃ》がなだれに巻《ま》きこまれた可能性《かのうせい》も考《かんが》えて、シャベルと、雪《ゆき》にうまってる人《ひと》をさがすためのゾンデ棒《ぼう》も装備《そうび》。

ビーコンっていう、雪山《ゆきやま》での位置情報用《いちじょうほうよう》の機械《きかい》もさげてる。

これがあれば、雪《ゆき》の下《した》でも、仲間《なかま》どうしで電波《でんぱ》を受信《じゅしん》して、さがし当《あ》てられるんだって。

あとは救急《きゅうきゅう》セットと、お湯《ゆ》の入《はい》った水筒《すいとう》くらいだ。

あたしたちは周囲《しゅうい》をたしかめながら、雪《ゆき》をふみしめて歩《ある》く。

丘《おか》はゆるやかな坂《さか》で、木《き》もほとんど生《は》えてないから、見晴《みは》らしがいいや。

安全《あんぜん》なエリアだとしたって、油断《ゆだん》は禁物《きんもつ》だよねっ。

「すごい風《かぜ》だ。これで雪《ゆき》がまざってきたら、ほんとに吹雪《ふぶき》だね」

うなる風《かぜ》のせいで、シオンくんの声《こえ》が、とぎれとぎれに聞《き》こえる。

「うん。シオンくんは、ほんとに無理《むり》しないでね。もどりたくなったら、すぐ教《おし》えて」

「わかった。マメちゃんに迷惑《めいわく》かけないよう、キモにめいじておくね」

彼《かれ》の体力《たいりょく》が、どれくらい回復《かいふく》してるのか読《よ》めない。

三ケ月《かげつ》まえに一回死《かいし》んじゃったようなモノなのに、現場《げんば》で連《つ》れまわして大丈夫《だいじょうぶ》なのかな。

涼馬《りょうま》くんといっしょにいて、こんなに不安《ふあん》なのは初《はじ》めてだ。

けどホントのこと言《い》うと、不安以上《ふあんいじょう》に、また涼馬《りょうま》くんと任務《にんむ》に出《で》られたのが、あたし、めちゃくちゃうれしいんだよ……っ。

片道十分《かたみちぷん》きりのタイムアタックだ。

あたしたちは、ほとんど走《はし》るような速《はや》さで丘《おか》を行《い》く。

もしも自分《じぶん》が雪山《ゆきやま》で迷子《まいご》になったとしたら、どうするだろう。

木《き》のカゲとか、風《かぜ》をよけられるとこで救《たす》けを待《ま》つかな。

木《き》を見《み》つけるたび、まわりの雪《ゆき》に**ゾンデ棒**《ぼう》をさしてみて、だれかうまってないか確認《かくにん》する。

ここもハズレだ。

チョークでチェックずみの「×《ばつ》」印《じるし》をつけ、また歩《ある》きだす。

空《そら》はまだ晴《は》れてる。

星《ほし》がいっぱい輝《かがや》いてるけど、空《そら》をながめる心《こころ》のよゆうはない。

なのに、涼馬《りょうま》くんと、平和の星《カノープス》を見《み》たかったななんて考《かんが》えちゃう。

「もう五分《ふん》たったのか。のこり五分《ふん》で引《ひ》きかえさなきゃだ。時間《じかん》がたりないね」

シオンくんが腕時計《うでどけい》を見《み》て、白《しろ》い息《いき》をはきながら言《い》う。

「せめて、U《ユー》ターンするときは、行《い》きとズラしたルートでもどろう」

あたしたちの今《いま》の立場《たちば》じゃ、命令違反《めいれいいはん》のムチャはできない。

カッさんからの信用《しんよう》を完全《かんぜん》になくしちゃうし、なにより、あたしたちがもどりそこなって要救助者《ようきゅうじょしゃ》になったら、よけいに大変《たいへん》な事件《じけん》になる。

丘《おか》はだんだん角度《かくど》がキツくなり、針《はり》みたいに突《つ》きたつ木々《きぎ》が、少《すこ》しずつ増《ふ》えてくる。

風《かぜ》が雪《ゆき》を舞《ま》いあげて、視界《しかい》がにごる。

ふり向《む》いたら、真《ま》っ黒《くろ》い夜《よる》の遠《とお》くに、頂上駅《ちょうじょうえき》のライトが星《ほし》みたいな小《ちい》ささで光《ひか》ってる。

ずいぶん歩《ある》いて来《き》た。

それでもまだ、丘《おか》のおしまいの地点《ちてん》、森《もり》にはたどり着《つ》いてないんだ。

「足《あし》もとに気《き》をつけて。**ここらへんだけ雪《ゆき》が溶《と》けてる**」

シオンくんに言《い》われて、あたしは視線《しせん》を前《まえ》にもどした。

ライトで照《て》らすと、ゴツゴツした岩《いわ》が顔《かお》を出《だ》してる。

つまずくトコだった。あわてて足《あし》を引《ひ》く。

「あ、危《あぶ》なかった、ありがと。……でも、どうしてここだけ地面《じめん》がむき出《だ》しなんだろ」

「ここに五人《にん》がいたのかな。集《あつ》まって座《すわ》ってるうちに、体温《たいおん》で溶《と》けた？　そんなことないか」

ライトを向《む》けたら、直径《ちょっけい》三メートルくらいの丸《まる》いかたちに、雪《ゆき》がなくなってる。

ここだけ春《はる》が来《き》たみたい。

なんだろ、これ。なにか**イヤな感《かん》じ**がする。

「マメちゃん。この斜面《しゃめん》を下《お》りるのはやめよう。さっき、彩羽《あやは》さんって人《ひと》が言《い》ってたよね」

「――なだれが起《お》こりやすいのは、急《きゅう》にあったかくなって、雪《ゆき》がゆるんだとき」

「そう。ここまで溶《と》けてるなら、雪《ゆき》がゆるんでるってことだ。さけて通《とお》ったほうがいい」

シオンくんは冷静《れいせい》だ。

あたしはうなずき、足《あし》を引《ひ》きかけて――。

ブゥウウウウン。

後《うし》ろのほうから聞《き》こえてくる、プロペラを回《まわ》すような大《おお》きな音《おと》に、動《うご》きを止《と》めた。

その音《おと》はあっという間《ま》に、あたしに近《ちか》づいてきた。

そして真上《まうえ》から、風《かぜ》を打《う》ちつけてくる。

――な、なに？

サバイバー基地《きち》が、ヘリを飛《と》ばしてくれたのかと思《おも》ったけど……、ちがうっ！

シオンくんがサッと青《あお》ざめた。

「分裂体《ぶんれつたい》……っ」


彼《かれ》の口《くち》から飛《と》びだした言葉《ことば》に、頭《あたま》が真《ま》っ白《しろ》になった。

分裂体《ぶんれつたい》？　どうして「シオンくん」が、そんな言葉《ことば》を知《し》ってるの？

まさか、記憶《きおく》がもどった⁉

あたしは考《かんが》えるほうに頭《あたま》を持《も》って行《い》かれて、体《からだ》が動《うご》かない。


ばふっ。


シオンくんに抱《かか》えこまれ、雪《ゆき》の上《うえ》へあお向《む》けにたおされた。

マフラーのすき間《ま》から、鼻《はな》まで雪《ゆき》が入《はい》ってくるっ。

「ゲホッ、涼馬《りょうま》くんっ」

「シッ」

雪《ゆき》にうもれてもがくあたしに、彼《かれ》は馬乗《うまの》りになったまま、口《くち》を手《て》でふさぐ。

その動作《どうさ》も緊迫《きんぱく》した表情《ひょうじょう》も、あまりにも「**風見涼馬**《かざみりょうま》」だ。

彼《かれ》は慎重《しんちょう》に頭《あたま》を動《うご》かし、上《うえ》を見《み》る。
あたしもやっと〝**音《おと》の主《ぬし》**〟を見《み》やって、息《いき》をのんだ。
巨大《きょだい》な、ハチ……!?

あたしたちは雪《ゆき》にうずもれたまま、息《いき》を殺《ころ》し、ホバリングするハチを見上《みあ》げる。
ハチは真《ま》っ黒《くろ》な目《め》と触角《しょっかく》をめぐらせて、あたしたちを警戒《けいかい》してる。
その頭《あたま》が、人間《にんげん》のと同《おな》じくらいのサイズだよ……っ。
黄色《きいろ》いえりまきに、黒《くろ》と黄色《きいろ》のシマシマの体《からだ》。
たぶんミツバチだと思《おも》うけど、この大《おお》きさ、**分裂体《ぶんれつたい》**にまちがいないっ。
だれの分裂体《ぶんれつたい》!?
シオンくんでもあたしでもない。
ゆくえ不明《ふめい》のコたちの、だれか?
なら、分裂体《ぶんれつたい》を生《う》むほど**ピンチな状況《じょうきょう》**にいるってコトだよね!?
高梨《たかなし》さんが「分裂体《ぶんれつたい》は全国《ぜんこく》で現《あらわ》れてる」って言《い》ってたけど、ほんとなんだ。

スイッチが入《はい》ってるコは、あたしたちのまわりだけじゃない……っ。

ブゥゥン……ッ！

ハチの羽音《はおと》に、たたきつける風《かぜ》に、おしりから突《つ》きだした黒《くろ》いハリに、身《み》がすくむ。

凍《い》てつく寒《さむ》さなのに、全身《ぜんしん》の毛穴《けあな》からアセが噴《ふ》きだす。

この大《おお》きさのハチに刺《さ》されたら、きっと**即死**《そくし》だ。

しかもミツバチは、一度《いちど》ハリをさしたら、自分《じぶん》もおなかがちぎれて死《し》ぬんじゃなかった？

そしたら、この分裂体《ぶんれつたい》も消《き》えちゃう……！

リンクを切《き》るまえなら、要救助者《ようきゅうじょしゃ》のコまで死《し》んじゃうかもしれない。

あたしはますます全身《ぜんしん》が冷《つめ》たくなる。

警戒中《けいかいちゅう》のハチに出《で》くわしたら、刺激《しげき》しないように、ゆっくりとキョリを取《と》る。

あたしたちは少《すこ》しずつ、ゆっくり、身《み》を起《お》こそうとする。

だけどその時《とき》、また**ブゥン**ッと別《べつ》の羽音《はおと》が近《ちか》づいてきた。

林《はやし》の奥《おく》から二匹《ひき》、同《おな》じようなハチが出《で》てきてる！

ウソでしょ⁉

あたしは恐怖《きょうふ》にかられて、手《て》にしたままのゾンデ棒《ぼう》をかまえようとする。

だけどその動《うご》きも、シオンくんに止《と》められた。
三匹《びき》のハチが合流《ごうりゅう》する。
あたしたちは冷《ひ》やアセをぼたぼたたらしながら、
息《いき》を殺《ころ》す。
永遠《えいえん》みたいな長《なが》い時間《じかん》が、少《すこ》しずつ、少《すこ》しずつすぎて――、
三匹《びき》のハチは、くるりと円《えん》を描《えが》いて飛《と》んでから、
……遠《とお》ざかっていった。
黒《くろ》いおしりが、雪《ゆき》がすみの向《む》こうに見《み》えなくなる。
「お、おそってこなかったね」
「よかった……」
涼馬《りょうま》くんは全身《ぜんしん》を脱力《だつりょく》させて、あたしを見下《みお》ろす。
だけど視線《しせん》がぶつかったとたん、真《ま》っ赤《か》になっ

て、「ごめん！」とあたしの上《うえ》から飛《と》びのいた。

だけどあたしは逆《ぎゃく》に、彼《かれ》の胸《むね》を思《おも》いきりつかみよせる。

「涼馬《りょうま》くん、**記憶《きおく》もどった!?**」

「えっ、いや、もどってない」

……まだ、ダメなんだ。

急接近《きゅうせっきん》に赤《あか》くなってうろたえてるのは、あたしが「今日《きょう》が初対面《しょたいめん》の女子《じょし》」だからで、涼馬《りょうま》くんだったら、なんとも思《おも》わないもんね。

でもさっき、「**分裂体《ぶんれつたい》**」って言《い》ったよ。

記憶《きおく》が復活《ふっかつ》したんじゃないなら、シオンくんが分裂体《ぶんれつたい》のことを、栗宮代表《くりみやだいひょう》から聞《き》いてる……？

「マメちゃん。無線連絡《むせんれんらく》を入《い》れたほうがよさそうだよ」

シオンくんが、あたしの手《て》をはずして立《た》ち上《あ》がる。

彼《かれ》はすでにピリッとした顔《かお》つきになってる。

あたしも我《われ》に返《かえ》った。

「そ、そうだよね。分裂体《ぶんれつたい》が出《で》たって伝《つた》えないと、千早希《ちさき》さんたちも危《あぶ》ない」

通信《つうしん》ボタンを押《お》そうとしたとたん、ザザッとノイズが入《はい》った。

『こちらナオト。巨大《きょだい》なハチを五匹目撃《ひきもくげき》。要救助者《ようきゅうじょしゃ》の分裂体《ぶんれつたい》だと思《おも》われます』

ナオトさんたちももう、さっきのハチに出《で》くわしたんだ……っ。

『七海《ななみ》です。GPS《ジーピーエス》にて、位置情報《いちじょうほう》をカクニンしています』

『こちら楽《がく》。分裂体《ぶんれつたい》が出《で》たなら、要救助者《ようきゅうじょしゃ》はそっち方面《ほうめん》にいる可能性《かのうせい》が高《たか》そうだね。ユウジさん、ハチ出現地点《しゅつげんちてん》の座標《ざひょう》を送信《そうしん》します』

『了解《ラジャー》、東方面《ひがしほうめん》を切《き》りあげて、そちらへ向《む》かう』

みんなのやりとりに、あたしとシオンくんも耳《みみ》をすます。

『ナオト、見《み》て。ハチの動《うご》きがおかしい。雪《ゆき》の上《うえ》で団子《だんご》みたいに集《あつ》まって……、』

「団子《だんご》みたいに……？」

千早希《ちさき》さんの音声《おんせい》に、シオンくんがつぶやいた。

そして青《あお》ざめると、かぶせるように無線《むせん》にさけんだ。

「二人《ふたり》とも、逃《に》げて！」

同時《どうじ》に、ゴゴゴゴゴ……って、かすかな低《ひく》い音《おと》が聞《き》こえてくる。

彼女《かのじょ》たちがいる方角《ほうがく》からっ？

遠《とお》くの斜面《しゃめん》、真《ま》っ黒《くろ》な木々《きぎ》のむこうに、白《しろ》い雪《ゆき》けむりが立《た》ちのぼるのが見《み》えた。

「な、なだれっ!?」

地面《じめん》がゆれてる……！

白《しろ》い煙《けむり》は大《おお》きくふくらんで、あっという間《ま》に下《した》のほうまで流《なが》れていった。

「……ナ、ナオトさんっ？　千早希《ちさき》さん!?」

あたしたちはイヤホンに耳《みみ》をすます。

楽《がく》さんたちが何度《なんど》も声《こえ》をかけてるけど、応答《おうとう》がない。

二人《ふたり》とも、なだれに巻《ま》きこまれた――!?

15
千早希《ちさき》さんとナオトさん

自分《じぶん》が雪《ゆき》にうまったみたいに、全身《ぜんしん》が凍《こご》える。息《いき》がつまって苦《くる》しい。

あたしは**「サバイバルの五か条《じょう》」**を必死《ひっし》に頭《あたま》の中《なか》で唱《とな》えながら、センパイたちの通信《つうしん》を待《ま》つ。

楽《がく》さんが二人《ふたり》のGPS《ジーピーエス》の現在地《げんざいち》を確認《かくにん》してくれた。

でも雪《ゆき》の下《した》なのか、反応《はんのう》なし。

七海《ななみ》さんは、GPS《ジーピーエス》の反応《はんのう》が消《き》えた地点《ちてん》までの、なるべく安全《あんぜん》な最短《さいたん》ルートを割《わ》りだして、ユウジさんに伝《つた》える。

彼《かれ》は座標《ざひょう》の数字《すうじ》を聞《き》くだけで、そのルートを覚《おぼ》えちゃった。

『了解《ラジャー》。なだれ地点《ちてん》へ着《つ》くのは、最速《さいそく》で三十分後《ぷんご》だ。今《いま》から向《む》かいます』

「三十分後《ぷんご》……」

あたしは震《ふる》えながらつぶやく。

昼《ひる》のお祭《まつ》りで、山岳救助《さんがくきゅうじょ》チームの出店《でみせ》にあったパネルに、書《か》いてあったよ。

雪《ゆき》にうまった場合《ばあい》、十八分以内《ふんいない》に救《たす》けられれば、十人《にん》のうち九人《にん》は生還《せいかん》できる可能性《かのうせい》が高《たか》い。

だけど三十五分《ふん》をすぎたら、十人《にん》のうち七人《にん》くらいは死亡《しぼう》しちゃうかも……って。

時間《じかん》がたつにつれて、生存率《せいぞんりつ》はぐんぐん下《さ》がっちゃうんだ。

ユウジさんが三十分後《ぷんご》に着《つ》いてくれても、もうおそいかもしれない。

「七海《ななみ》さん、あたしたちが一番近《いちばんちか》いはずです！　ここからその地点《ちてん》まで何分《なんぷん》ですかっ？」

『マメさんたちの場所《ばしょ》からは、東南方向《とうなんほうこう》へ六分《ぷん》ほどの位置《いち》です』

「了解《ラジャー》、向《む》かいます！」

あたしたちが動《うご》けば、きっと間《ま》に合《あ》う！

出発《しゅっぱつ》まえに教《おし》えてもらったとおりに、ビーコンを受信《じゅしん》モードに切《き》りかえる。

これで二人《ふたり》に近《ちか》づけば、雪《ゆき》の下《した》にうまってても、電波《でんぱ》を拾《ひろ》って導《みちび》いてくれるはず。

『マメちゃん、ストップ！　許可《きょか》できない』

楽《がく》さんの声《こえ》が割《わ》って入《はい》った。

『もう、タイムリミットだ。……全員《ぜんいん》Uターン《ユー》しないと、駅《えき》に着《つ》くまえに、吹雪《ふぶき》が始《はじ》まる』

あたしは耳《みみ》をうたがった。

だ、だって、あたしが今《いま》すぐ向《む》かえば、まだ救《たす》けられるのにっ。

無視《むし》してもどれなんて……っ。

「今《いま》のは予想外《よそうがい》の災害《さいがい》です！　雪《ゆき》が降《ふ》りはじめたって、すぐに積《つ》もるわけじゃないし、カッさんたちだって今回《こんかい》は目《め》をつぶってくれますよっ」

今《いま》、仲間《なかま》が呼吸《こきゅう》すらできてないかもしれないのに、もどれないよ！

『そういう問題《もんだい》じゃない。マメちゃんたちの命《いのち》の問題《もんだい》だ』

楽《がく》さんの応答《おうとう》が、これまでになくマジメな色《いろ》になった。

『注意《アテンション》。全員《ぜんいん》、退避《たいひ》を開始《かいし》して。S組《エスぐみ》メンバーとお父《とう》さんたちも、U《ユー》ターンして駅《えき》へもどってください』

「楽《がく》さん！　このままじゃ、千早希《ちさき》さんとナオトさんが死《し》んじゃう!!」

あたしの声《こえ》は、もう悲鳴《ひめい》だ。

ノドカ兄《にい》がやっと還《かえ》ってきたら、今度《こんど》は涼馬《りょうま》くんがいなくなって。

涼馬《りょうま》くんを見《み》つけたと思《おも》ったら、今度《こんど》は、千早希《ちさき》さんとナオトさんが死亡《しぼう》!?

そんなのイヤだってば！

『山岳救助《さんがくきゅうじょ》チームが、歩《ある》きで頂上駅《ちょうじょうえき》をめざしてる。もちろん彼《かれ》らにも、今《いま》の状況《じょうきょう》は連絡《れんらく》してる。あとはユウジさんたちにまかせるしかない。ぼくらに許《ゆる》されるのは、ここまでだ』

「だって、楽《がく》さんだって……！」

楽《がく》さんだって、仲間《なかま》が死《し》んじゃうなんてイヤでしょ⁉

そう口《くち》に出《だ》しかけたあたしは、危《あや》ういところで言葉《ことば》を止《と》めた。

楽《がく》さんは、千早希《ちさき》さんともナオトさんとも、あたし以上《いじょう》に仲《なか》がいいんだ。

それに、この人《ひと》はセンターの「家族《かぞく》」を失《うしな》って、「**あんな思《おも》いをするのは二度《にど》とごめんだ**」って、妹《いもうと》みたいなこよみちゃんともキヨリを取《と》ってたくらい、大事《だいじ》な人《ひと》がいなくなるのを怖《こわ》がってたのに。

しんどくないはず……ない。

『双葉《ふたば》マメ。命令《めいれい》だ。もどれ』

楽《がく》さんの声《こえ》が、徹底的《てっていてき》に厳《きび》しい。

でも、こんなコト言《い》いたくないに決《き》まってる。

——仲間《なかま》を見捨《みす》てろ、なんて。

イヤだよ。

あたしは、あたしたちはもう二度《にど》と、だれも失《うしな》いたくないのに。

……楽《がく》さんだって、この場《ば》にいたら、きっと救《たす》けに行《い》くよね。

だけど今《いま》ここにいるのは、あたしと涼馬《りょうま》くんだ。

自分《じぶん》じゃないメンバーを危険《きけん》にさらすのに、「ゴー」なんて、言《い》えないよ。

あたしはイヤホンに指《ゆび》をそえた。

ここで言《い》い争《あらそ》ってる時間《じかん》なんてない。

すぐさま決断《けつだん》して行《い》かないと、数秒《すうびょう》の差《さ》で、二人《ふたり》が死《し》んじゃうかもしれない。

「楽《がく》さん、必《かなら》ず還《かえ》るから、信《しん》じて」

行《い》きます、と言《い》うまえに、涼馬《りょうま》くん――シオンくんが、あたしの手《て》をにぎりこんできた。


「ぼくが行《い》きます」


まさかの言葉《ことば》に、あたしは目《め》をむく。

彼《かれ》はなだれの起《お》きた方角《ほうがく》を見《み》つめたまま、無《む》線《せん》の交信《こうしん》ボタンを押《お》しこんでる。

「え……っ？」

『なにを言《い》ってるんだ』

「マメちゃんはリーダーの命令《めいれい》どおり、先《さき》にもどってな。ちゃんと駅《えき》までもどれるよね？」

「そ、そんなことできるわけない」

「ぼくはＳ組生徒《エスぐみせいと》じゃないから、命令違反《めいれいいはん》しても、キミたちのリーダーは怒《おこ》られなくてすむよ」

彼《かれ》はあたしの手《て》を、そっと放《はな》す。

グローブのすべり止《ど》めが、ザリッと音《おと》を立《た》てた。

「楽《がく》さん……でしたっけ。なだれを起《お》こした直後《ちょくご》、ハチは北東方面《ほくとうほうめん》へ飛《と》んでいきました。分裂体《ぶんれつたい》が本体《ほんたい》のようすを見《み》にもどったなら、そっちに五人《にん》の要救助者《ようきゅうじょしゃ》がいる可能性《かのうせい》が高《たか》いと思《おも》います」

彼《かれ》は一方的《いっぽうてき》に報告《ほうこく》すると、イヤホンをはずしちゃった。

そして、雪《ゆき》の道《みち》をザクザクと歩《ある》きだす。

『涼馬《りょうま》！　もどれ！』

楽《がく》さんがさけぶ。

あっけに取《と》られてたあたしは、我《われ》に返《かえ》って、いそいで後《あと》を追《お》った。

「シオンくん！　ほんとに行《い》くの⁉」

「行《い》く」

シオンくんにとっては、千早希《ちさき》さんもナオトさんも〝知《し》らない人《ひと》〟のはずなのに……っ。

あたしは彼《かれ》の背中《せなか》に、ごくりとツバをのむ。

なだれが起《お》きた地点《ちてん》は、ここから目《め》で見《み》えるキョリ、六分《ぷん》で到着《とうちゃく》できる。

なのに置《お》いていったら、**一生後悔《いっしょうこうかい》する。**

でも、あたしたちは今《いま》、サバイバーの卵《たまご》として、しちゃいけないコトをしてるんだ。

いつもなら、**「みんなで還《かえ》るんだ!」**って、聞《き》きわけのないあたしを、涼馬《りょうま》くんが止《と》めてくれる。

その彼《かれ》まで、今《いま》は記憶《ストッパー》がはずれちゃってる。

あたしが逆《ぎゃく》に、シオンくんを止《と》めなきゃ?

だけど、千早希《ちさき》さんとナオトさんの顔《かお》が頭《あたま》をよぎる。

今《いま》、あの二人《ふたり》が、死《し》にそうなほど苦《くる》しんでるって考《かんが》えちゃう。

もう二度《にど》と会《あ》えなくなるんだって怖《こわ》くなる。

今《いま》ならまだ、間《ま》に合《あ》わせられるのに!

「……楽《がく》さん、**ごめんなさい**」

あたしはあやまってから、イヤホンをはずした。

それを胸《むね》ポケットにつっこみ、小走《こばし》りにシオンくんのとなりへ追《お》いついた。


勝手《かって》に延長戦《えんちょうせん》に突入《とつにゅう》したあたしたちは、ほとんど走《はし》るような速《はや》さで歩《ある》いていく。

雪《ゆき》が降《ふ》りだす直前《ちょくぜん》の、キンと澄《す》んだにおいがする。

静《しず》まりかえった雪《ゆき》の世界《せかい》に、ザクザク、あたしたちの足音《あしおと》だけが響《ひび》く。

空《そら》はもう厚《あつ》い雲《くも》におおわれて、カノープスなんて見《み》える気配《けはい》もないや。

あたしは前《まえ》をにらんだまま、シオンくんに聞《き》く。

「なだれ、落《お》ちついてるね。二つめの波《なみ》もなさそう？」

「ハチがもどって来《こ》なければ大丈夫《だいじょうぶ》じゃないかな。なだれの原因《げんいん》は、たぶんハチの〝蜂球《ほうきゅう》〟だと思《おも》う。ミツバチがスズメバチと戦《たたか》うときに作《つく》るやつ。さっきの『**ハチが団子《だんご》みたいに集《あつ》まってた**』っていう報告《ほうこく》は、その蜂球《ほうきゅう》だったんじゃないかな」

「ほうきゅう？　初《はじ》めて聞《き》いた。ハチがお団子《だんご》みたいに集《あつ》まること？」

「うん。敵《てき》をかこんで、いっせいに体《からだ》を震《ふる》わせるんだ。そうやって作《つく》りだした熱《ねつ》で、団子《だんご》の中心《ちゅうしん》にいる敵《てき》を蒸《む》し焼《や》きにする」

「そんなのできるんだ……っ。あのデッカさのハチなら、その蜂球《ほうきゅう》の温度《おんど》もすごく高《たか》くなるよね。だから雪《ゆき》が溶《と》けて、なだれが起《お》きた？」

「きっとそうだ。ぼくらが見《み》た、地面《じめん》がむき出《だ》しになってたエリアも、蜂球《ほうきゅう》のせいだよ」

なるほど……！

ハチの分裂体《ぶんれつたい》は、要救助者《ようきゅうじょしゃ》のコたちの、**「冷《つめ》たい雪《ゆき》への恐怖《きょうふ》」から生《う》まれた分裂体《ぶんれつたい》**だったんだ。

だから蜂球《ほうきゅう》で、〝**雪《ゆき》を攻撃《こうげき》**〟した。

ミツバチの姿《すがた》は、凍《こご》えながら身《み》をよせあうコたちの、「小《ちい》さな群《む》れるイキモノ」のイメージからかな。

やっぱりハチさえいなければ、なだれなんて起《お》きなかったんだ。

いろいろ納得《なっとく》できたけど、シオンくんはいったい、分裂体《ぶんれつたい》の話《はなし》をどこまで聞《き》いてるんだろう。

「シオンくん、よく知《し》ってるね」

「父親《ちちおや》がアウトドアが好《す》きで、小《ちい》さいころ、あっちこっち連《つ》れていってくれたから――」

あたしは分裂体《ぶんれつたい》のことのほうを聞《き》いたんだけど、彼《かれ》は蜂球《ほうきゅう》の話《はなし》だと思《おも》ったみたい。

そしてふと言葉《ことば》を止《と》め、自分《じぶん》に問《と》いかけるように、だまりこんだ。

……たぶん今《いま》のって、涼馬《りょうま》くんの、**ほんとの家族《かぞく》**の話《はなし》だよね。

もしかしたら、自分自身《じぶんじしん》がだれだか分《わ》からなくなっちゃってるけど、浮《う》かんで消《き》えるあぶくみたいに、時々《ときどき》、「風見涼馬《かざみりょうま》」の記憶《きおく》が顔《かお》を出《だ》すのかな。

あたしたちと過《す》ごした一年《ねん》も、そのあぶくの一つに、きっとある……よね？

またあたしたちのことを思《おも》い出《だ》してくれる可能性《かのうせい》も、ちゃんと残《のこ》ってるよね？

ほのかな希望《きぼう》が、胸《むね》にポッと灯《とも》った気《き》がした。

「マメちゃん。聞《き》きたかったんだけど、いい？」

「う、うん？」

「マメちゃんたちも、『**分裂体**《ぶんれつたい》』のことを知《し》ってるんだね」

あたしは説明《せつめい》しようととなりを見《み》て、ドキッとした。

彼《かれ》の横顔《よこがお》が、なにか警戒《けいかい》するような色《いろ》になってる。

なんでか分《わ》からないけど、これは……、当《あ》たりさわりない説明《せつめい》にしといたほうがよさそう？

どう答《こた》えようか考《かんが》えて、視線《しせん》が左右《さゆう》にゆれた。

「それは……、だって、サバイバーは分裂体《ぶんれつたい》が暴《あば》れてるときに、最初《さいしょ》に駆《か》けつけることになるでしょ？　あたしたちも何度《なんど》も分裂体《ぶんれつたい》に出《で》くわしてるから、基地《きち》から情報《じょうほう》をもらったの」

「ああ、そりゃそうか。救助《きゅうじょ》をたのんだら、連絡《れんらく》が行《い》くところだもんね」

こっちを向《む》いたシオンくんは、ホッとしたように笑《わら》ってる。

あたしもヘタなことは言《い》わなかったかなって、ちょっと安心《あんしん》した。

「──あの。あたしも聞《き》いていい？　シオンくんは〝交通事故《こうつうじこ》〟で記憶喪失《きおくそうしつ》になっちゃったんだよね。目《め》がさめたとき、どんなだったの？」

三ヶ月《かげつ》まえ、彼《かれ》があたしたちと引《ひ》きはなされた後《あと》にどうなってたのか、ちゃんと知《し》りたいよ。

「ぼくが〝リョウマ〟だって、まだうたがってるんだ」

「う、うん……」

ぎこちなくうなずくと、彼《かれ》はこまった顔《かお》をした。

でも思《おも》い出《だ》そうとするように、前《まえ》へ目《め》をもどす。

「目《め》がさめたら病室《びょうしつ》にいて、記憶《きおく》がないのがわかって……。ずっと寝《ね》てるかリハビリするかだけだったな。面会謝絶《めんかいしゃぜつ》で外《そと》の人《ひと》には会《あ》えなかったから、正直《しょうじき》すごくヒマだったよ。時々《ときどき》ドクターが来《き》てくれたけど、その人《ひと》、あんまりぼくとしゃべってくれないし」

「ドクター？　もしかして、髪《かみ》の毛《け》がもしゃもしゃの、白衣《はくい》のお兄《にい》さん？」

「え？　うん、そうだよ。……まさか知《し》ってる人《ひと》？」

「高梨《たかなし》さんだ」

「いや、ちがう人《ひと》だ。山田《やまだ》さんって名前《なまえ》」

あたしはだまった。

たぶんそれは、テキトーな偽名《ぎめい》だよね。

きっと、涼馬《りょうま》くんと必要以上《ひつよういじょう》に話《はな》しちゃいけないって、監視《かんし》されてるんだ。

「記憶《きおく》もなくて、することもなくて、生《い》きてても死《し》んでても変《か》わらないよなって、毎日《まいにち》ぼんやり考《かんが》えてた。そしたらほんとに、その後《あと》しばらく危《あぶ》なくなっちゃったみたい。昏睡状態《こんすいじょうたい》が続《つづ》いて
——。でも、だれかに一生懸命《いっしょうけんめい》呼《よ》ばれてる気《き》がして、目《め》がさめたんだ。

で、すぐにおばあちゃんが、『帰《かえ》りましょう』ってむかえに来《き》てくれてた」

「おばあちゃん……？」

「親《おや》は、交通事故《こうつうじこ》のときに亡《な》くなっちゃったんだって。だからおばあちゃんが来《き》てくれたんだ。家族《かぞく》とすごしたほうが回復《かいふく》が早《はや》そうだからって、おばあちゃんの家《いえ》に引《ひ》っ越《こ》した。ドクターが働《はたら》いてるリハビリ施設《しせつ》も近所《きんじょ》だから、ちょうどいいねって」

ま、待《ま》って。そのおばあちゃんって、まさか……っ。

「シオンくんのおばあちゃんは、ショートカットの、ちょっとふっくらした、上品《じょうひん》そうな人《ひと》？」

「そうだけど……」

シオンくんはけげんそうにあたしを見《み》た。

やっぱり、栗宮代表《くりみやだいひょう》のことだ！

全身《ぜんしん》がわななないた。

あたし、シオンくんが言《い》う「家族《かぞく》」っていうのは、栗宮代表《くりみやだいひょう》が用意《ようい》させた、ホームステイ先《さき》みたいな「親《おや》」なんだと思《おも》いこんでた。

だけどちがったんだ。

栗宮代表《くりみやだいひょう》が直接《ちょくせつ》「おばあちゃん」になって、涼馬《りょうま》くんを監視《かんし》してる。

な、なにそれ。

あの人《ひと》、どのツラ下《さ》げて「おばあちゃん」なんて名乗《なの》ってるの？

ムカつきすぎて、体《からだ》がカーッと熱《あつ》くなる。

そういう流《なが》れになったのって、今《いま》の話《はなし》を聞《き》いたかんじ、涼馬《りょうま》くんの**心的《しんてき》エネルギー**がなかなか回復《かいふく》しなかったからだよね。

黒鷹《くろたか》とのリンクはギリギリ切《き》れてたけど、心《こころ》のエネルギーはほぼ0《ゼロ》の状態《じょうたい》で。

しかも記憶《きおく》がなくなって、あたしたちのところに還《かえ》らなきゃって気持《きも》ちも忘《わす》れてる。

その上《うえ》、「生《い》きなきゃ」っていう気持《きも》ちがさらに減《へ》ったせいで、昏睡状態《こんすいじょうたい》にもどっちゃったんだよ。

でもそれじゃ、栗宮代表《くりみやだいひょう》にはつごうが悪《わる》かった。

また分裂体《ぶんれつたい》を作《つく》る被験者《ひけんしゃ》にするなら、心的《しんてき》エネルギーを回復《かいふく》させなきゃいけない。

そのために、涼馬《りょうま》くんの心《こころ》が回復《かいふく》するよう、家族《かぞく》のフリをして、学校《がっこう》に通《かよ》わせて、ふつうの生《せい》活《かつ》をさせてた……？

「……ひどい」

シオンくんは**おばあちゃん**を信《しん》じきってる。

それほど、あの栗宮代表《くりみやだいひょう》が優《やさ》しく接《せっ》してたんだ。

信《しん》じられないけど、でも結局《けっきょく》、彼《かれ》が元気《げんき》になりきったら、分裂体《ぶんれつたい》を作《つく》らせるんでしょ？

また絶望《ぜつぼう》するレベルのストレスをあたえて――！

噛《か》んだくちびるが切《き》れて、血《ち》の味《あじ》がした。

「シ、シオンくんは、分裂体《ぶんれつたい》のこと、なんで知《し》ってるの？」

あの人《ひと》から、どう聞《き》いてる？

「ぼくのおばあちゃんは、分裂体《ぶんれつたい》を研究《けんきゅう》してるんだよ。このままじゃ、**子《こ》どもたちがたくさん犠《ぎ》牲《せい》になるから、それを止《と》めなきゃって。**でも、極秘情報《ごくひじょうほう》だって聞《き》かされてたから、どうしてマメちゃんたちが知《し》ってるのかって、おどろいたんだ」

シオンくんが、涼馬《りょうま》くんの顔《かお》で、栗宮代表《くりみやだいひょう》のことを誇《ほこ》らしげに語《かた》る。

「ハ……ッ？」

あたしはいよいよ、足《あし》が止《と》まった。

16
あたしの星《ほし》

子《こ》どもたちが犠牲《ぎせい》になるから、止《と》めなきゃ……？

ノドカ兄《にい》を好《す》きにして、同《おな》じような被験者《ひけんしゃ》を作《つく》りたいとか言《い》って、涼馬《りょうま》くんまでこんなふうにこっそり隠《かく》して、研究《けんきゅう》のカギをにぎる高梨《たかなし》さんまで連《つ》れてっちゃって。

だれより子《こ》どもを犠牲《ぎせい》にしてるのは、栗宮代表《くりみやだいひょう》でしょ……!?

ムカつきすぎて、はらわたが煮《に》えくりかえるみたいだ。

ぷちっ、ぷち……って、またあの音《おと》が聞《き》こえる。

「――マメちゃん？」

となりからのぞきこまれて、あたしはパンッと自分《じぶん》の耳《みみ》をグローブでおおった。

「なんでもない。なんでもないよ」

笑顔《えがお》を作《つく》ろうとしたけど、とても無理《むり》だ。

……だけどっ。あたしが今《いま》やらなきゃいけないのは、栗宮代表《くりみやだいひょう》に腹《はら》を立《た》てることじゃなくて、千早希《ちさき》さんとナオトさんを救《たす》けに行《い》くことだ。

ぷちぷちする音《おと》も無視《むし》して、とにかく、前《まえ》に足《あし》を運《はこ》び続《つづ》ける。

ムカつく。くやしい。今《いま》すぐこの場《ば》でさけんで暴《あば》れて、つかみかかりたい。

そでにつけたままのカメラから、音声《おんせい》はぜんぶ楽《がく》さんたちにも伝《つた》わってる。

きっとみんなもブチぎれてるよ。

ゴウッと吹《ふ》きつけてきた風《かぜ》に、白《しろ》いものがまざりだした。

いよいよ、雪《ゆき》になっちゃった……！

あたしたちはさらに、歩《ある》く速度《そくど》を早《はや》める。

たった六分《ぷん》だけのキョリなのに、永遠《えいえん》に終《お》わらない道《みち》を歩《ある》いてるみたい。

もう二度《にど》と還《かえ》れない道《みち》を歩《ある》いてるような、心細《こころぼそ》い気持《きも》ちになってくる。

胸《むね》ポケットにつっこんだイヤホンからは、**「もどれ！」**って、今《いま》もセンパイたちの声《こえ》がかすかに聞《き》こえてる。

引《ひ》きかえすべき？　涼馬《りょうま》くんにも無理《むり》させて、このまま自滅《じめつ》できない。

でも、千早希《ちさき》さんたちがまだ生《い》きてるって信《しん》じてるのに、背中《せなか》を向《む》けられない……！

カッさんが、あたしがプロになったら「すぐ死《し》ぬ」って言《い》ってたのは、こういうことなんだ。

絶対《ぜったい》に「サバイバーとして正《ただ》しくない」って分《わ》かってるのに、あたしは足《あし》を止《と》められない。

風《かぜ》がうなり、ほっぺたに打《う》ちつける冷《つめ》たい雪《ゆき》のつぶは、みるみる大《おお》きくなっていく。

そして……、耳《みみ》の奥《おく》に響《ひび》く、ぷちぷちする音《おと》も。

ダメだよ。あたし、いくら心《こころ》が限界《げんかい》でも、**こんなとこで分裂体《ぶんれつたい》を作《つく》ってる場合《ばあい》じゃない！**

ノドカ兄《にい》の「**すって、はいてー、はいてー**」の声《こえ》を、頭《あたま》に思《おも》いうかべる。

唯《ゆい》ちゃんが、ぱたぱたって肩《かた》を優《やさ》しくたたいてくれる、あのカンショクを思《おも》いおこす。

合宿所《がっしゅくじょ》であたしが大泣《おおな》きしたとき、ぎゅっと抱《だ》きしめてくれた、涼馬《りょうま》くんの腕《うで》のカンショクも。

彩羽《あやは》さんが「**星空《ほしぞら》の下《した》や、吹雪《ふぶき》のなかにいると、人間《にんげん》の考《かんが》えもおよばない、とてもとても大《おお》きななにかが、アタシたちを包《つつ》んでる気《き》がしてくる**」って言《い》ってた。

それって、神《かみ》さまのこと？

神《かみ》さま。もしもいるんなら、あの栗宮代表《くりみやだいひょう》に天罰《てんばつ》でもあててよ。

ううん、そんなのどうでもいいから、あたしたちの仲間《なかま》を返《かえ》して。

神《かみ》さまが救《たす》けてくれるって、信《しん》じさせて！

あたしは空《そら》を見上《みあ》げる。

そして――、もうすでに、空《そら》と地面《じめん》の境目《さかいめ》が分《わ》からなくなってることに、**ゾッとした。**

見《み》わたすかぎり、前後《ぜんご》も上下《じょうげ》も区別《くべつ》のつかない、灰色《はいいろ》の世界《せかい》。
そこに、あたしたちのライトだけが二つ、小《ちい》さな光《ひかり》を放《はな》ってる。
……ほんとに、彩羽《あやは》さんの言《い》うとおりじゃん……。
震《ふる》えながら、白《しろ》い息《いき》をはいた。
人間《にんげん》になんて立《た》ち向《む》かえるはずもない、大《おお》きな、大《おお》きな世界《せかい》。
この、どこまでも広《ひろ》がる灰色《はいいろ》のなかで、あたしたちは、ただ、ぽつんとあって。
神《かみ》さまがフッと一息《ひといき》吹《ふ》きかけるだけで、カンタンに、チリみたいに消《き》えてしまう。
あたしたちは、なんて……、ちっぽけなんだろう。
そう思《おも》った瞬間《しゅんかん》、あたしは耳《みみ》を押《お》さえた。
あ。ダメかも。

ぷちっ……、ぷち、ぷちぷちぷちっ！

「マメ」
手首《てくび》をつかまれた。

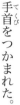

引《ひ》きはがされかけた背中《せなか》の感覚《かんかく》が、急《きゅう》にリアルにもどってくる。

「手《て》、つないでいい？　見失《みうしな》いそうで怖《こわ》いから」

「………ッ」

あたしはぶるぶる震《ふる》えながら、あたしを見《み》つめる赤茶《あかちゃ》の瞳《ひとみ》を、視界《しかい》に映《うつ》した。

まだ声《こえ》が出《で》てこない。涼馬《りょうま》くんが、あたしの手首《てくび》をにぎってる。その手《て》に目《め》を落《お》とす。

彼《かれ》の胸《むね》にさげたライトがまぶしくて、あたしは目《め》をすがめる。

「マメちゃん？」

心配《しんぱい》そうに眉《まゆ》をひそめられて、首《くび》を横《よこ》にふった。

今《いま》さっき「**マメ**」って呼《よ》びすてしたの、気《き》のせいじゃなかったよね。

涼馬《りょうま》くん、気《き》づいてる？

無意識《むいしき》にこぼれた「マメ」に、あたし、今《いま》、救《すく》われたんだよ……。

涼馬《りょうま》くんはいつも、**こんな時《とき》でも、救《たす》けてくれるんだね。**

「――だいじょうぶ。行《い》こう」

あたしのほうからも、彼《かれ》の手首《てくび》をにぎり返《かえ》す。

つないだ手《て》は、グローブごしで、体温《たいおん》なんて感《かん》じないはずだ。

だけどたしかに、あったかいものが流《なが》れこんでくる気《き》がする。

ねぇ、涼馬《りょうま》くん。あたしたち、真《ま》っ暗《くら》な世界《せかい》を二人《ふたり》で歩《ある》いたことが、前《まえ》にもあったよね。

ノコ山《やま》の地下《ちか》でもめちゃくちゃ怖《こわ》かったのに、涼馬《りょうま》くんといっしょなだけで、**絶対大丈夫《ぜったいだいじょうぶ》**って気持《きも》ちになれた。

今《いま》もだよ。涼馬《りょうま》くんの胸《むね》に光《ひか》るライトが、この人《ひと》の存在《そんざい》が、**あたしを導《みちび》く星《ほし》**みたいに見《み》える。

リリコちゃんが教《おし》えてくれたんだけど、涼馬《りょうま》くん、**「マメはおれの『希望《きぼう》』だ」**って言《い》ってくれたんでしょ？

「みんなで生《い》きて還《かえ》る」って言《い》い続《つづ》けるマメがとなりにいるなら、ふんばれそうな気《き》がするって。

それはあたしもだ。

あたしも涼馬《りょうま》くんがとなりにいてくれたら、どんなにギリギリのときでも、ふんばれると思《おも》う。

涼馬《りょうま》くんは、あたしの光《カノープス》だ。

もしも記憶《きおく》がもどらなくても、またS組《エスぐみ》でいっしょに訓練《くんれん》しなおそうよ。

記憶《きおく》があってもなくても、もう、**二度《にど》とこの手《て》を放《はな》さないから、涼馬《りょうま》くんも放《はな》さないでよ。**

涼馬《りょうま》くんの手首《てくび》をにぎる手《て》に、ぎゅうっと力《ちから》をこめた。

あたしの心《こころ》の声《こえ》なんて聞《き》こえるはずないのに、彼《かれ》のほうもさらに強《つよ》くにぎりしめてくれる。

そして二人《ふたり》で、走《はし》るように歩《ある》き続《つづ》ける。

「あのっ、あのね！」

吹雪《ふぶき》に負《ま》けないように声《こえ》をはる。

「なに？」

「あたし、あなたが涼馬《りょうま》くんでもシオンくんでもいいよ。なんでもいいから、**となりにいてほしい**」

あたし、涼馬《りょうま》くんがサバイバー以外《いがい》に行《い》きたい道《みち》があるなら、そっちへ行《い》ってほしいって、真剣《しんけん》に考《かんが》えた。

ずっと支《ささ》えてもらって、ゼイタク言《い》える立場《たちば》じゃないんだから、だまって見送《みおく》らなきゃって。

でもっ、ワガママでも、あたしはやっぱり涼馬《りょうま》くんといっしょにプロになりたい。

バディになりたいよ……！

「**おねがい。あたしといっしょに、還《かえ》って**」

彼《かれ》は、目《め》を見開《みひら》いた。

そのくちびるのすき間《ま》から、白《しろ》い息《いき》がもれる。

あたしたちはどちらも、足《あし》の動《うご》きは止《と》めない。

疲《つか》れた足《あし》がもつれそうになるけど、つないだ手《て》を引《ひ》きあって、バランスを取《と》りなおす。

「……ぼくが、病室《びょうしつ》で昏睡《こんすい》してたとき」

しばらくたってシオンくんがぽつりとつぶやいた。

「**だれか**に一生懸命《いっしょうけんめい》呼《よ》ばれてる気《き》がして、目《め》がさめたって言《い》ったよね」

「おばあちゃんのこと？」

「……ううん。あの声《こえ》、**キミだったような気《き》がする**んだ。昼間《ひるま》、ぼくを見《み》つけて呼《よ》びかけてくれたとき、なんでかそんなふうに感《かん》じた。──星祭《ほしまつ》りにさそわれて出《で》てきたのは、ほんとは、どうしてそんな気持《きも》ちになったのか、たしかめたかったからなんだ」

シオンくんの瞳《ひとみ》が、涼馬《りょうま》くんと同《おな》じひたむきさで、あたしを見《み》つめる。

「あれが、ほんとに**キミだったらいいな**って、思《おも》ったから」

彼《かれ》があたしの手首《てくび》をつかむ指《ゆび》に、さらに力《ちから》が入《はい》る。
……あたしの声《こえ》が、聞《き》こえた？
もう生《い》きるのはいいやって、投《な》げだしかけてたときに？
あたし、涼馬《りょうま》くんの夢《ゆめ》のなかでも、**「生《い》きろ！」**って言《い》えたのかなぁ。
だったら、めちゃくちゃうれしいなぁ……っ。

ピィピィピィ！

腰《こし》にぶらさげたビーコンが、信号音《しんごうおん》を出《だ》しはじめた。
あたしたちはそれをバッと手《て》に取《と》る。
液晶画面《えきしょうがめん》に矢印《やじるし》が出《で》てる。
「すぐ近《ちか》くにいるってことだよね！」
ライトで先《さき》を照《て》らすと、大量《たいりょう》の雪玉《ゆきだま》が、川《かわ》みたいになって上《うえ》から下《した》まで転《ころ》がってる。
なだれのあとだ……！
この、雪《ゆき》の川《かわ》の下《した》に、二人《ふたり》がうまってる⁉

ビーコンの矢印《やじるし》がさすほうへ、あたしたちはさらに急《いそ》ぐ。

機材《きざい》をぶっつけ本番《ほんばん》で使《つか》うあたしたちは、電波《でんぱ》の強《つよ》い方向《ほうこう》を探《さが》して、行《い》ったり来《き》たり。

これじゃタイムロスだ。

掘《ほ》りおこす時間《じかん》も必要《ひつよう》なのに、**命《いのち》のリミットがどんどんせまってる。**

アセりすぎて、ビーコンを見《み》てるのに、音《おと》を聞《き》いてるのに、ちゃんと読《よ》めてる気《き》がしない。

そこに、ザッ、ザッ、ザッ、と、雪《ゆき》をふみしだくような音《おと》が近《ちか》づいてきた。

「だれか、こっちに来《く》る」

「ユウジさんかな」

でも三十分以上《ぷんいじょう》かかるはずなのに、あまりにも早《はや》い。

吹雪《ふぶき》の白《しろ》いかすみのむこうに、小《ちい》さなライトが光《ひか》ってる。

「……さんっ。双葉《ふたば》さん！　だいじょうぶかーっ⁉」

とぎれとぎれに聞《き》こえてきた、この声《こえ》！

「彩羽《あやは》さん⁉」

そしてその手前《てまえ》、雪《ゆき》のこぶをジャンプしながら駆《か》けてくるカゲは、**クロだよ！**

17 みんなで奇跡《きせき》を

まさか彩羽《あやは》さんまで、命令《めいれい》を無視《むし》して来《き》ちゃったの!?

「無事《ぶじ》でよかった。ビーコンが言《い》ってる位置《いち》は、このあたりだね」

彼女《かのじょ》はあたしたちを追《お》いこし、クロのあとを追《お》って、なだれの川《かわ》にツッコんでいく。

「彩羽《あやは》さん、どうして……っ！」

ヘタしたら命令違反《めいれいいはん》のせいで、プロになる道《みち》も閉《と》ざされちゃうのにっ。

「アタシのほうが、双葉《ふたば》さんたちより雪山《ゆきやま》にくわしい。要救助者《ようきゅうじょしゃ》のお父《とう》さんたち二人《ふたり》には、先《さき》に駅《えき》へ向《む》かってもらった。でもすぐ退避《たいひ》するよ。アタシが限界《げんかい》だと判断《はんだん》したら、絶対《ぜったい》に言《い》うことを聞《き》いて」

「了解《ラジャー》！」

クロは、めちゃくちゃ頼《たよ》りになる。

生《い》きてる人間《にんげん》のにおいなら、雪《ゆき》にうまってても、深《ふか》さ三メートルくらいまでかぎわけてくれるんだって。

ぼこぼこに波打《なみう》った雪《ゆき》の上《うえ》の一点《いってん》で、クロがかぎまわり始《はじ》めた。

人間《にんげん》が追《お》いついたころには、前足《まえあし》で雪《ゆき》をほりはじめてる。

あたしたちはすぐさま近《ちか》くの木《き》にロープをもやい結《むす》びして、腰《こし》のカラビナに合体《がったい》。

これは、またなだれが起《お》きた時《とき》のための命《いのち》づなだ。

雪用《ゆきよう》グローブをつけたままのロープ操作《そうさ》も、練習《れんしゅう》しておいてよかった……っ。

彩羽《あやは》さんは、クロが気《き》にしてる地点《ちてん》に、ゾンデ棒《ぼう》をさしこんでいく。

三十センチ、四十センチ、五十センチ。

ずぶずぶうまっていく棒《ぼう》は、一メートルちょっとのところで、止《と》まった。


「ここだ」


いた⁉

あたしたちはシャベルで雪《ゆき》をほり始《はじ》める。

「真上《まうえ》からシャベルで突《つ》いたら、要救助者《ようきゅうじょしゃ》の体《からだ》を傷《きず》つける！　横《よこ》からナナメに入《い》れて！」

「了解《ラジャー》！」

彩羽《あやは》さんが合流《ごうりゅう》してくれて、ほんとに助《たす》かった……っ。

「千早希《ちさき》さん、ナオトさん！　来《き》たよ！」

そして胸《むね》ポケットの無線《むせん》から、楽《がく》さんが大声《おおごえ》でなにか言《い》ってるのが響《ひび》いてる。

シャベルを両手《りょうて》で使《つか》ってるから、イヤホンを耳《みみ》に入《い》れるよゆうがない。

でもかすかに「要救助者《ようきゅうじょしゃ》、五名《めい》を発見《はっけん》」って、そう聞《き》こえた!?

あたしたちは応答《おうとう》もできないまま、とにかく雪《ゆき》をほり進《すす》める。

「がんばって！　二人《ふたり》とも、**あとちょっとだよ！**」

ごうっと強《つよ》い風《かぜ》にあおられて、転《ころ》びそうになった。

負《ま》けじとふんばりなおして、シャベルを雪《ゆき》に突《つ》き立《た》てる。

雪《ゆき》のかたまりの下《した》に、茶色《ちゃいろ》のブーツが見《み》えた。

これ、**ナオトさんのブーツだ！**

ブルルルッと全身《ぜんしん》にトリハダが立《た》った。

「先《さき》に頭《あたま》の位置《いち》からほるよ！」

あたしたちは彩羽《あやは》さんが見当《けんとう》をつけてくれた場所《ばしょ》を、必死《ひっし》にほり返《かえ》す。

とちゅうからは、手《て》で雪《ゆき》をどんどんよけて――っ、
彼《かれ》のジャケットの、肩《かた》あたりが見《み》えてきた。

三人《にん》でかこみ、まわりの雪《ゆき》をけずっていく。

そして、ハッとした。

ナオトさんの頭《あたま》を、紫色《むらさきいろ》のグローブの両手《りょうて》が抱《かか》えこんでる。

これ、**千早希《ちさき》さんがしてたグローブだよ……っ。**

どんどんほり進《すす》めると、横向《よこむ》きにたおれたナオトさんの腕《うで》も、向《む》かい合《あ》わせになった千早希《ちさき》さんの頭《あたま》を抱《かか》えてるのが分《わ》かった。

「ナオトさん！　千早希《ちさき》さん！」

あたしの大声《おおごえ》に、二人《ふたり》の肩《かた》がぴくっと動《うご》いた。

生《い》きてる……!!

二人《ふたり》の腕《うで》はおたがいの頭《あたま》をかばいあって、すき間《ま》もないくらい。

「これなら、助《たす》かる」

彩羽《あやは》さんの言葉《ことば》がうれしすぎて、目頭《めがしら》が熱《あつ》くなる。

シオンくんもうなずき、みんなでとにかく顔《かお》が出《で》るように、夢中《むちゅう》でほり進《すす》める。

抱《かか》えこみあった腕《うで》をどけると、おでこをくっつけてまぶたを閉《と》じた、二人《ふたり》の顔《かお》が見《み》えた。

くちびるは真《ま》っ青《さお》だけど、ちゃんと呼吸《こきゅう》してる！

「よかった……っ」

「ほんと、アタシも信《しん》じられないよ。こういう時《とき》は、ふつうは体《からだ》が無意識《むいしき》に動《うご》いて、まず自分《じぶん》を守《まも》ろうとするもんだ。でも、この二人《ふたり》はどっちも、**とっさに相手《あいて》のほうを守《まも》ろうとしたんだ**ね。ガッチリ抱《だ》きしめあってたから、生《い》きのびられた。どっちかだけじゃすき間《ま》ができて、そこに雪《ゆき》が流《なが》れこんで窒息《ちっそく》してたよ」

彩羽《あやは》さんの瞳《ひとみ》が、奇跡《きせき》をまえにした人《ひと》みたいに、キラキラしてる。

今度《こんど》は二人《ふたり》の体《からだ》をほり出《だ》しにかかる。

そこに、エンジン音《おん》をとどろかせて、なにかが近《ちか》づいてきた。

鮮烈《せんれつ》なライトに、あたしは思《おも》わずギュッとまぶたをつぶる。

ヘッドライトを輝《かがや》かせる――、**バイク!?**

なだれを警戒《けいかい》してか、それはだいぶ下《した》のほうで停止《ていし》した。

「彩羽《あやは》、見《み》つけたか！」

逆光《ぎゃっこう》になった、男《おとこ》の人《ひと》のシルエット。

バイクから降《お》りた人《ひと》の声《こえ》は、なんと、山岳救助《さんがくきゅうじょ》チームの黒崎《くろさき》さん——彩羽《あやは》さんパパだ！


黒崎《くろさき》さんが乗《の》ってきたのは、**スノーモービル**っていう、雪山専用《ゆきやませんよう》のスキー板《いた》がついたバイクだ。

たとえ急斜面《きゅうしゃめん》の雪坂《ゆきざか》でも、ぐんぐん登《のぼ》るバイクなんだって。

彼《かれ》はこれで、ふもとからスキーコースを登《のぼ》ってきたらしい。

歩《ある》いて登山道《とざんどう》をたどってきたら、四時間《じかん》かかるところを、一気《いっき》に……！

今《いま》、あたしたちは、モービルにつないだゴムボートに乗《の》せてもらい、駅《えき》へ還《かえ》る道《みち》をたどってる。

彩羽《あやは》さんはモービルの運転席《うんてんせき》で、お父《とう》さんと二人乗《ふたりの》り。

ボートの真《ま》ん中《なか》には、毛布《もうふ》でくるんだ千早希《ちさき》さんとナオトさん。

あたしとシオンくんは前《まえ》に乗《の》って、二人《ふたり》の体《からだ》を押《お》さえてる。

クロは毛布《もうふ》の上《うえ》で、二人《ふたり》を温《あたた》めてくれてるんだ。

黒崎《くろさき》さんのモービルのほかに、さらに一台出動《だいしゅつどう》してて、そっちはユウジさんが発見《はっけん》した五人《にん》の要救助者《ようきゅうじょしゃ》を、駅《えき》へ運《はこ》んでくれてるそうだ。

ハチの分裂体《ぶんれつたい》も、もうリンクが切《き》れて消《き》えたよね。

あたしはモービルが出発《しゅっぱつ》してすぐ、やっとイヤホンを耳《みみ》に入《い》れたんだ。

そしたらうてなが「マメちゃあああん、心配《しんぱい》させんなよぉぉぉ！」って絶叫《ぜっきょう》。

鼓膜《こまく》がやぶれるかと思《おも》ったけど、センパイたちはめ〜っちゃ大《おお》きなタメ息《いき》をついて、「還《かえ》ってくるまで油断《ゆだん》しないで」って。

「ナオト、わたしたち、生《い》きてんの……？」

「ハハ。ほんと……、スゴくない？　ってか、吹雪《ふぶき》もスゴォ」

「ダイヤモンドなんて、ぜんぜん見《み》えないわぁー……」

「そんなの、どーでもいいよ。二人《ふたり》そろって、生《い》きてんだからさ……」

千早希《ちさき》さんとナオトさんが、こめかみをくっつけあったまま、力《ちから》なく笑《わら》う。

二人《ふたり》とも、ちゃんと意識《いしき》がある。

モービルはなるべく平《たい》らな道《みち》を選《えら》んでくれてる。

でも、ふかふかの雪《ゆき》にしずんだり、逆《ぎゃく》にハネたり、けっこう激《はげ》しい動《うご》きをする。

千早希《ちさき》さんたちは低体温《ていたいおん》になってる。

足《あし》が高《たか》くなったら、心臓《しんぞう》に冷《つめ》たい血《ち》が流《なが》れこんじゃう。

背中《せなか》にリュックをはさんで上半身《じょうはんしん》を上《あ》げてはいるけど、ショック状態《じょうたい》にならないか心配《しんぱい》だ。

駅《えき》にもどったら、ゆっくり体《からだ》を温《あたた》めて、吹雪《ふぶき》がおさまりしだい病院《びょういん》行《い》きだよね。

あたしと彩羽《あやは》さんの命令無視《めいれいむし》は、お説教《せっきょう》レベルじゃすまないのはわかってる。

けど……。

あたしは、千早希《ちさき》さんとナオトさんと、それから、前《まえ》を見《み》すえるシオンくんに目《め》をうつす。

全員《ぜんいん》、救出《きゅうしゅつ》できた。そしてだれも欠《か》けてないよ。

みんなで還《かえ》れる。

今《いま》だけは、よかったたって思《おも》っていいよね……？

あたしもぐったり、疲《つか》れちゃった。

「マメちゃん。**あれ**」

シオンくんが、あたしのひじをつかんだ。

あたしは彼《かれ》が指《ゆび》さしたほうへ目《め》をうつす。

ぶ厚《あつ》い雲《くも》が、すごい速《はや》さで風《かぜ》に流《なが》されてる。

それでも次《つぎ》から次《つぎ》へと雲《くも》が押《お》しよせて、あたしたちはまるで、灰色《はいいろ》の波《なみ》の下《した》にいるみたいだ。

でも——。その雲《くも》のうねりの間《あいだ》に、ぽっかりあいた穴《あな》がある。

息《いき》をのんだ。

丸《まる》く切《き》りとられた雲《くも》の窓《まど》のむこうは、暗黒《あんこく》だ。

そこに、無数《むすう》の光《ひかり》のつぶ。

澄《す》んだ氷《こおり》をくだいて散《ち》らしたような光《ひかり》が、きらきら、きらきら。

スノーモービルのエンジン音《おん》まで、耳《みみ》から遠《とお》ざかった。

無音《むおん》のなか、あたしたちは雲《くも》の穴《あな》からのぞく宇《う》宙《ちゅう》に、ひたすら見入《みい》る。

雲《くも》の波《なみ》のむこうには、静《しず》かで、大《おお》きな、**怖《こわ》いほど美《うつく》しい世界《せかい》**が広《ひろ》がってる……！

人間《にんげん》には考《かんが》えもおよばない、とてもとても大《おお》きななにか。

彩羽《あやは》さんが言《い》ってたそれが、ほんとに、あそこにいる気《き》がする。

「あ」

穴《あな》の下《した》のほう、地平線《ちへいせん》すれすれの位置《いち》に、赤《あか》い、小《ちい》さな光《ひかり》を見《み》つけた。

あれ、きっと――、

「カノープス……！」

あたしのかすれ声《ごえ》に、シオンくんがうなずいた。

そしてあたしの手《て》をきゅっとにぎってくる。

あたしもその手《て》をにぎり返《かえ》す。

下《した》から噴《ふ》きあがる地吹雪《じふぶき》に、カノープスはあっという間《ま》に隠《かく》されちゃった。

二人《ふたり》でおたがいの手《て》をにぎりしめたまま。

「あったよ。見《み》たよね、カノープス」

「うん」

うなずいた彼《かれ》の瞳《ひとみ》が、星《ほし》の光《ひかり》と同《おな》じくらい輝《かがや》いてる。

彼《かれ》の命《いのち》が、ここにあるのを感《かん》じる。

……すごく、きれい。

とたんに、あたしたちの未来《みらい》は、**まだぜんぜん大丈夫《だいじょうぶ》**だって気《き》がしてきた。

だってあたしの星《カノープス》が、ここにいてくれる。

あたしの手《て》をにぎり、となりにいてくれてる。

視線《しせん》をかわして、笑《わら》いあう。

背中《せなか》からはがれかけてたなにかが、スウッともどってきたのが分《わ》かった。

そして、耳《みみ》の奥《おく》に聞《き》こえてきてた、ぷちぷちする音《おと》も、完全《かんぜん》に消《き》えた。

18 作戦《さくせん》は、まだ終《お》わらない！

五人《にん》の子《こ》どもたちは、お父《とう》さんたちと感動《かんどう》の再会《さいかい》をはたした。

お祭《まつ》りはとっくに中止《ちゅうし》になって、頂上駅《ちょうじょうえき》のお客《きゃく》さんたちは、帰《かえ》りのロープウェイの再開《さいかい》まで待《ま》ちぼうけだ。

みんながヒマを持《も》てあましてる待合《まちあい》ホールは、暖房《だんぼう》がガンガンきいてる。

その温度《おんど》は、千早希《ちさき》さんたちにも五人《にん》のコたちにも、まだ危《あぶ》ない。

だけど、すでに救護室《きゅうごしつ》の暖房《だんぼう》は消《け》してあって、受《う》けいれ準備《じゅんび》バンゼンだった。

みんなを床《ゆか》にならべたマットに寝《ね》かせ、湯《ゆ》たんぽを、**心臓《しんぞう》の上《うえ》、わきの下《した》と首《くび》すじ**、それから**足《あし》のつけね**にあてて、じっくり保温《ほおん》。

温《あたた》めたジンジャーエールも、みんな自分《じぶん》の口《くち》から飲《の》めてた。

大《おお》きなケガはないけど、この後《あと》、いちおう病院《びょういん》へ連《つ》れていくことになってる。

あたしとシオンくんも毛布《もうふ》にくるまって、だいぶ体温《たいおん》がもどってきた。

あたしたちは暖房《だんぼう》がある部屋《へや》に行《い》けばいいんだけど、千早希《ちさき》さんたちから離《はな》れがたくて。

それに──。

「ではロープウェイが動《うご》きだしたら、わたしが要救助者《ようきゅうじょしゃ》をふもとへ移《うつ》しますので」

「ぼくは頂上駅《ちょうじょうえき》のお客《きゃく》さんが退避《たいひ》しおえるまで、こちらに待機《たいき》しますね」

黒崎《くろさき》さんとユウジさんが、ただいまタブレットで通信中《つうしんちゅう》なんだ。

『了解《りょうかい》しました。すでに救急車《きゅうきゅうしゃ》は、こちらで待《ま》ってくれてます』

今《いま》の声《こえ》は、ふもとにいる楽《がく》さんだ。

ミサトさんと英利子《えりこ》さんは引《ひ》きつづき、地下組織《ちかそしき》の動《うご》きのほうを警戒《けいかい》してくれてるって。

『今回《こんかい》は一般人《いっぱんじん》、S組生徒《エスぐみせいと》もあわせて、重傷者《じゅうしょうしゃ》はナシですね。まずはおつかれさまでした』

そして通信相手《つうしんあいて》は、あと二人《ふたり》。

中央基地《ちゅうおうきち》の、カッさんと北村《きたむら》さんだ。

後《うし》ろのソファで丸《まる》まってるあたしは、画面《がめん》の二人《ふたり》は見《み》えない角度《かくど》なんだけど。

こ、声《こえ》だけで、もうおっかないよぉぉ……っ。

あれだけ北村《きたむら》さんにクギをさされてたのに、あたしと彩羽《あやは》さんの「命令無視《めいれいむし》」って、成績《せいせき》ポイントマイナスどころじゃないよね。

涼馬《りょうま》くんは、記憶《きおく》がないからしょうがない。

成績《せいせき》ポイントだけなら、ふつうクラスからS組《エスぐみ》にもどってきてから、必死《ひっし》にためといたから、まだギリギリたりるかもしれない。

でも、一発《いっぱつ》で**S組《エスぐみ》からサヨナラ**だってありえるよ。

どうかどうかどうか、なんとかなりますように――！

毛布《もうふ》の下《した》で両手《りょうて》を合《あ》わせ、必死《ひっし》におがむ。

シオンくんはそんなあたしを、ちょっと心配《しんぱい》そうにながめてる。

今度《こんど》は通信画面《つうしんがめん》に、七海《ななみ》さんが映《うつ》った。

『山岳《さんがく》チームのモービル出動《しゅつどう》は、連絡《れんらく》がなかったのでおどろきました。おかげで全員《ぜんいん》ピックアップできましたが……』

彼女《かのじょ》は「言《い》ってくれたら、作戦《さくせん》に組《く》みこめたのに」って、ナットクいかないみたい。

すると黒崎《くろさき》さんが、ガシガシ頭《あたま》をかいた。

「いやぁ。実《じつ》はいろいろありまして……。ぶっちゃけ、**勝手《かって》に出動《しゅつどう》しちゃったん**ですよね」

『**え？**』

「へ？」

タブレットの画面《がめん》のみんなも、この場《ば》のあたしもポカーン。

そして向《む》かいのソファに座《すわ》ってた彩羽《あやは》さんまで、目《め》をすわらせる。

「なにしとるだよ、父《とう》さん」

「イケると思《おも》ったもんで」

黒崎《くろさき》さんは肩《かた》をすぼめて、苦笑《にがわら》いした。


山岳救助《さんがくきゅうじょ》チームの彼《かれ》らは、楽《がく》さんからの連絡《れんらく》が入《はい》るなり、ふもと駅《えき》まで向《む》かってくれた。

でもそのころには吹雪《ふぶき》が始《はじ》まってたし、夜《よる》の人命検索《じんめいけんさく》は危《あぶ》ないから、出動《しゅつどう》できない。

とにかく吹雪《ふぶき》が収《おさ》まってからって結論《けつろん》になっちゃった。

黒崎《くろさき》さんたちはそれでもあきらめきれず、モービルのレンタルショップに駆《か》けこんだ。

あの二台《だい》のモービルは、山岳救助《さんがくきゅうじょ》チームのものじゃなくって、そのお店《みせ》で、ほとんど無理《むり》やり借《か》りてきたんだって。

「サバイバルの五か条《じょう》」の**「バ」**、**「場《ば》にあるモノを工夫《くふう》して使《つか》え」**の精神《せいしん》だ。

スノーモービルは、雪山《ゆきやま》アクティビティとして人気《にんき》で、一般向《いっぱんむ》けの講習会《こうしゅうかい》もやってるそうなんだ。

ところが隊員《たいいん》さんたちは、みんなモービルの運転《うんてん》は未経験《みけいけん》。平坦《へいたん》な道《みち》を走《はし》るのは、ちょっと教《おし》えてもらえばできるけど、急斜面《きゅうしゃめん》の、しかも吹雪《ふぶき》を行《い》くなんて、めちゃくちゃ難《むずか》しい。

車体《しゃたい》ごとひっくり返《かえ》ったら、二次災害《にじさいがい》だ。

だけど、登山道《とざんどう》を登《のぼ》ったら**四時間**《じかん》かかるところを、モービルでの最短《さいたん》ルートなら、**二十分**《ぷん》**くらいで、**てっぺんに到着《とうちゃく》しちゃう。

で、実際《じっさい》に運転《うんてん》してみて、イケるって判断《はんだん》した。

それでN《エヌ》地区基地《ちくきち》には報告《ほうこく》せず、突撃《とつげき》しちゃったんだって。

「そ、それって、なだれにツッコんでったあたしたちと、ほとんど同《おな》じ……」

思《おも》わずつぶやくと、画面《がめん》のむこうからも、カッさんのめちゃくちゃシブい声《こえ》が響《ひび》いてきた。

『……黒崎《くろさき》さん、こまりますよ。これから黒崎彩羽《くろさきあやは》と双葉《ふたば》マメを処分《しょぶん》しなきゃいけないのに』

処分《しょぶん》！

不穏《ふおん》な単語《たんご》に、あたしはソファから飛《と》びあがった。

画面《がめん》のカッさんと北村《きたむら》さんは、**鬼**《おに》**みたいな形相**《ぎょうそう》だよ……っ。

黒崎《くろさき》さんはあたしをふり向《む》き、ちょっと笑《わら》った。

「司令《しれい》はご存《ぞん》じですか？　山岳救助《さんがくきゅうじょ》チームには、独特《どくとく》の空気《くうき》があります。基地《きち》の命令《めいれい》より、自分《じぶん》たちの〝**その場《ば》の決断《けつだん》**〟を信《しん》じて動《うご》いても、ほかの現場《げんば》よりは許《ゆる》されるかもしれません」

『それは、聞《き》いたことはありますが』

「山《やま》のチームは一度《いちど》現場《げんば》に出《で》たら、なかなか基地《きち》にもどれません。交代《こうたい》もないまま、少人数《しょうにんずう》で長《ちょう》時間《じかん》の活動《かつどう》がふつうです。現場《げんば》の天気《てんき》も地上《ちじょう》より読《よ》めないし、それが自分《じぶん》の生死《せいし》に直結《ちょっけつ》してくる。だから、わたしたちは最新《さいしん》の機材《きざい》も使《つか》いますが、雪《ゆき》にさわって、空《そら》を見上《みあ》げて、自分《じぶん》たちの肌《はだ》で、においで、自然《しぜん》のようすをたしかめることも忘《わす》れません。

遠《とお》いところから無線《むせん》で指令《しれい》をくれるリーダーも、現場《げんば》の意見《いけん》を大事《だいじ》にしてくれます。現場《げんば》の空《くう》気感《きかん》は、その場《ば》にいないとわかりませんからね」

あたしたちはシンとして、黒崎《くろさき》さんの言葉《ことば》を聞《き》く。

「今回《こんかい》は、S《エス》組生徒《ぐみせいと》たちが場所《ばしょ》のあたりをつけておいてくれなかったら、モービルを出《だ》しても、とても間《ま》に合《あ》わなかった。五人《にん》の要救助者《ようきゅうじょしゃ》の位置《いち》も、なだれの巻《ま》きこまれ位置《いち》もわかっていたから、吹雪《ふぶき》がひどくなるまえに、救助《きゅうじょ》を終《お》えられたんですよ。

全員《ぜんいん》が生《い》きて還《かえ》れたのは、彼《かれ》らの勇気《ゆうき》ある活動《かつどう》のおかげです」

黒崎《くろさき》さんは、あたしたちに向《む》かって頭《あたま》を下《さ》げた。

「みんな、**ありがとうございました**」

……怒《おこ》られるのをカクゴしてたのに、お礼《れい》を言《い》われるなんて、思《おも》ってなかった。

彩羽《あやは》さんも、実《じつ》のパパさんからのお礼《れい》に、きょとんとしてる。

「楽《がく》くんも、リーダーとしてのギリギリの判断《はんだん》は、さぞしんどかったでしょう」

『いえ、ぼくは……』

自分《じぶん》がねぎらわれるのは予想外《よそうがい》だったのか、楽《がく》さんは下《した》くちびるを噛《か》んで、だまっちゃった。

七海《ななみ》さんが、楽《がく》さんの背中《せなか》に手《て》をそえたのが見《み》えた。

「おねえちゃんたち、ありがと」

「ありがとね。ほんとにありがとねっ」

ふり向《む》いたら、マットに寝《ね》かされたコたちが、こっちに首《くび》を向《む》けてた。

お父《とう》さんたちも深々《ふかぶか》と頭《あたま》を下《さ》げて、ハナをすすってる。

……あたしたちが役《やく》に立《た》てたんだって、今《いま》さら実感《じっかん》して、**胸《むね》が熱《あつ》くなる。**

シオンくんも眉《まゆ》をさげて、うれしそうにほほ笑《え》んでる。

なんて返《かえ》すべきか分《わ》からないまま、あたしはブルルッと首《くび》を横《よこ》にふった。

黒崎《くろさき》さんは、画面《がめん》に目《め》をもどした。

「海和田司令《かいわだしれい》。今回《こんかい》はN地区《エヌちく》で起《お》きた災害《さいがい》です。今日《きょう》の生徒《せいと》たちは、山岳救助《さんがくきゅうじょ》チームがあずかっていたということで、目《め》をつぶってくれませんか。それに彼《かれ》らは、今回《こんかい》にかぎっては〝N地区分《エヌちくぶん》校生徒《こうせいと》〟だったそうですし？」

そ、そのウソ、あたしたちが本校《ほんこう》だってバレないようについてたやつっ。

熱《あつ》くなってた胸《むね》が、気《き》まずさで一気《いっき》に冷《つめ》たくなっちゃう。

カッさんと北村《きたむら》さんは、顔《かお》を見合《みあ》わせた。

そしてカッさんは長《なが》ぁ〜く考《かんが》えたあと、ハーッと息《いき》をつく。

『……オーケー、わかりました。かわりに、そちらのエリアにある地下組織《ちかそしき》をたたく時《とき》には、情報面《じょうほうめん》での協力《きょうりょく》をお願《ねが》いします』

「喜《よろこ》んで。わたしたちの山《やま》に、そんなワケのわからんモンがいるのは、こっちもイヤだもんで」

大人《おとな》たちは疲《つか》れた顔《かお》で笑《わら》いあって、話《はなし》を終《お》えた。

あれ？　あたしたち、**処分《しょぶん》ナシ……？**

思《おも》わず自分《じぶん》を指《ゆび》さしてポカンとしてると、画面《がめん》の中《なか》のカッさんが、こっちを見《み》た。

『マメ。今回《こんかい》のわたしには、キミたちから逃《に》げて、心《こころ》のケアをしなかったという負《お》い目《め》がある。キミのストッパーとなるはずの人間《にんげん》まで暴走《ぼうそう》したのも、そもそもS組生徒《エスぐみせいと》がN地区《エヌちく》に向《む》かうようなムチャに出《で》たのも、わたしが追《お》いつめたせいだったね』

「あ、えっと、その」

『だが、目《め》をつぶるのは今回《こんかい》だけだよ』

「了解《ラジャー》！　申《もう》しわけありませんでした!!」

あたしはビッと背《せ》すじをのばして応答《おうとう》する。

いろんなラッキーに感謝《かんしゃ》してるけど、最悪《さいあく》のほうに転《ころ》がってたら、みんなまとめて死《し》んでたかもしれない。

処分《しょぶん》ナシだから「やったー！」なんて、とても思《おも》えないよ。

そして、楽《がく》さんもあたしを見《み》すえた。

『マメちゃん。まだ作戦《さくせん》は終《お》わってない。ユウジさんと彩羽《あやは》ちゃんと協力《きょうりょく》して、ふもと駅到着《えきとうちゃく》まで、油断《ゆだん》しないで』

「了解《ラジャー》です」

あたしは気持《きも》ちを切《き》りかえて、強《つよ》くうなずく。

そうだよ、忘《わす》れてない。

そもそもの今回《こんかい》の作戦《さくせん》は、涼馬《りょうま》くんを中央基地《ちゅうおうきち》まで連《つ》れて還《かえ》るのが目的《もくてき》だ。

シオンくんはたぶん、栗宮代表《くりみやだいひょう》にGPS《ジーピーエス》で居場所《いばしょ》を管理《かんり》されてる。

お祭《まつ》りに出《で》かけたあと、吹雪《ふぶき》になってなかなか帰《かえ》ってこなかったら、きっとあっちも迎《むか》えにくるよね。

「大事《だいじ》な被験者《ひけんしゃ》」が無事《ぶじ》かどうかを心配《しんぱい》して。

「――黒崎《くろさき》さん。ロープウェイが運転再開《うんてんさいかい》するそうです」

ノックの音《おと》とともに、山岳救助《さんがくきゅうじょ》チームのプロが顔《かお》を出《だ》した。

窓《まど》の外《そと》に目《め》をやったら、ほんとだ、風《かぜ》がだいぶ弱《よわ》まってる。

白《しろ》い雪《ゆき》が、ふわふわ降《ふ》りおちてきてるだけだ。

みんなでうなずきあい、さっそく次《つぎ》の行動《こうどう》に移《うつ》ることにする。

黒崎《くろさき》さんが通信《つうしん》を切《き》る直前《ちょくぜん》、あたしは画面《がめん》の楽《がく》さんに向《む》かって、身《み》を乗《の》りだした。

「あの、楽《がく》さんっ。**あたし、もう大丈夫《だいじょうぶ》そうです**」

耳《みみ》を押《お》さえたしぐさだけで、彼《かれ》には伝《つた》わったみたい。

『**涼馬《りょうま》と二人《ふたり》で、還《かえ》っておいで。待《ま》ってるから**』

S組《エスぐみ》のお母《かあ》さんは眉《まゆ》を下《さ》げて、あったかく笑《わら》ってくれた。

19 あなたの家族《かぞく》は

まずは千早希《ちさき》さん、ナオトさんと、子《こ》どもたちを、たんかに乗《の》せてゴンドラへ移動《いどう》だ。

みんなバタバタといそがしく立《た》ち動《うご》く。

救護室《きゅうごしつ》のミニキッチンで、湯《ゆ》たんぽに新《あたら》しいお湯《ゆ》を入《い》れかえてたら、シオンくんが横《よこ》から取《と》って、キャップをしめてくれた。

「マメちゃんたちは、このままA地区《エーちく》に帰《かえ》るの？」

「うん。そうなると思《おも》う」

「そっか。せっかく友《とも》だちになれたのに、さびしいな」

——あたしはまだ、**「いっしょに還《かえ》ろう」**の返事《へんじ》を聞《き》いてない。

でも彼《かれ》は栗宮代表《くりみやだいひょう》を「優《やさ》しいおばあちゃん」だって信《しん》じきってる。

これ以上《いじょう》、なんて言《い》えばいいのかわかんないよ。

湯《ゆ》たんぽの水《みず》を捨《す》てながら、あたしはぐるぐる考《かんが》える。

なんにも「これだ！」って言葉《ことば》が出《で》てこない。

そしたら、ぐうう〜っと、だれかのおなかが鳴《な》る音《おと》がした。

「え」

「ごめん、ぼく」

シオンくんがおでこまで**真《ま》っ赤《か》**になってる。

「あたしもおなかへったぁ。めっちゃ疲《つか》れたもんね」

あたしは笑《わら》いながら、ポケットを探《さぐ》った。

最近《さいきん》、風見涼馬《かざみりょうま》を見習《みなら》って、いざという時《とき》の非常食《ひじょうしょく》を持《も》ち歩《ある》いてるんだ。

「キャラメル食《た》べる？」

「やった」

彼《かれ》は顔《かお》をくしゃっとさせて笑《わら》い、一《ひと》つぶ受《う》けとってくれる。

あたしも口《くち》のなかに放《ほう》って、「おいしいね」って笑《わら》いあう。

「シオンくん。さっきも言《い》ったけどさ。**いっしょにA地区《エーちく》に還《かえ》ろうよ**」

結局《けっきょく》、単刀直入《たんとうちょくにゅう》な言葉《ことば》しか出《で》てこなかった。

彼《かれ》は目《め》を丸《まる》くして、動《うご》きを止《と》める。

「さっきの楽《がく》さんっていうセンパイは、寮《りょう》で涼馬《りょうま》くんと同《おな》じ部屋《へや》で、ずっといっしょに暮《く》らしてた人《ひと》なんだよ。今《いま》も涼馬《りょうま》くんの部屋《へや》、ちゃんとそのままになってる」

「……正直《しょうじき》、なにがなんだかだよ。ぼくはマメちゃんたちがさがしてる〝**リョウマ**〟じゃない。でも、きみに会《あ》ってから、なんでか、すごく気持《きも》ちがアセってる。このままじゃいけないような気《き》がしてるのは、ホントなんだ。……だから、マメちゃんたちがA地区《エーちく》に帰《かえ》っちゃっても、このままにしたくない。また**ビデオ通信《つうしん》**ででも、ゆっくり話《はなし》を聞《き》かせてくれる？」

わかった、それでいいよって言《い》いたいけど、無理《むり》なんだ。

今《いま》のチャンスを逃《のが》したら、栗宮代表《くりみやだいひょう》にバレちゃうんだもの。

「今《いま》、どうしてもいっしょに還《かえ》ってもらいたいの」

「ぼくにはおばあちゃんがいる。おばあちゃんを置《お》いて行《い》けないよ」

シオンくんはよりによって、あの栗宮代表《くりみやだいひょう》を相手《あいて》に、家族《かぞく》を想《おも》う優《やさ》しい顔《かお》で、そんなことを口《くち》にする。

あたしはやるせなさに、指《ゆび》が震《ふる》えてしまう。

「あの人《ひと》は、**ちがう**よ。そのおばあちゃんは、あなたの家族《かぞく》でも味方《みかた》でもない。だまされてるんだよ」

「……だまされてる？　どういう意味《いみ》？」

シオンくんの眉間《みけん》にシワがよった。

「――だって、シオンくんの、**涼馬《りょうま》くんの家族《かぞく》は、あたしたちだもん！**」

ガマンできなくて、強《つよ》い声《こえ》になっちゃった。

彼《かれ》はごくっとキャラメルを飲《の》みこんだ。

みんなはゴンドラのほうで作業《さぎょう》を進《すす》めてる。

もう時間《じかん》がない。あたしは手《て》をつかんで、畳《たた》みかけるように言《い》う。

「栗宮代表《くりみやだいひょう》は、**ほんとのおばあちゃんなんかじゃない**。あの人《ひと》は、涼馬《りょうま》くんを利用《りよう》しようとしてるんだよ。分裂体《ぶんれつたい》の実験《じっけん》をするための〝被験者《ひけんしゃ》〟として」

「――ハ？　なにを言《い》ってるんだ。さすがにそんなの信《しん》じられない」

シオンくんの瞳《ひとみ》に怒《いか》りの色《いろ》がひらめいた。

どうしよう、信《しん》じてくれない。

記憶《きおく》がなくて心細《こころぼそ》いところを、ずっと「優《やさ》しいおばあちゃん」のふりをされてたら、そっちを信《しん》じたくなっちゃうよね。

あたしはなおさら栗宮代表《くりみやだいひょう》がムカつくし、ものっっすっごくくやしい……！

視界《しかい》のはしに、ユウジさんが部屋《へや》にもどってきたのが見《み》えた。

彼《かれ》はシオンくんの背中《せなか》がわから、ジェスチャーであたしに合図《あいず》する。

注射《ちゅうしゃ》を打《う》つようなしぐさ。

説得《せっとく》がうまくいかなかったら、最悪《さいあく》、眠《ねむ》らせるって言《い》ってた。

でも、無理《むり》やり連《つ》れていったら、〝シオンくん〟との信頼関係《しんらいかんけい》がくずれちゃう。

この状況《じょうきょう》じゃ、むしろ「あたしたちに誘《ゆう》かいされた」って思《おも》っちゃうよね。

「シオンくん、あたしを信《しん》じて、今《いま》はいっしょに来《き》て。ふもとに車《くるま》が待《ま》ってるから、そこでちゃんと説明《せつめい》を――、」

『こちら、楽《がく》です。人工島《じんこうとう》の海上保安《かいじょうほあん》チームから連絡《れんらく》が来《き》た』

楽《がく》さんの無線《むせん》が、あたしたちの間《あいだ》に割《わ》り入《い》った。

まだイヤホンを入《い》れたままだったシオンくんは、「関係《かんけい》ない話《はなし》を聞《き》いていいのかな」って顔《かお》で、耳《みみ》からはずそうとする。

あたしは逆《ぎゃく》に耳《みみ》にイヤホンをさらに押《お》しこんだ。

人工島《じんこうとう》って、兄《にい》ちゃんになにかあった!?

『ノドカさんの目《め》がさめたそうだ。バイタルは問題《もんだい》なく、意識《いしき》もしっかりしてる』

「お、起《お》きたんですか⁉　よかった……！」

「ノドカ？　あの〝ノドカ〟のこと？」

あたしは涼馬《りょうま》くんに大《おお》きくうなずく。
うるんだ目《め》で彼《かれ》を見《み》て、ハッとした。
記憶《きおく》のないシオンくんが、なんで、ノドカ兄《にい》を知《し》ってるの？
彼《かれ》は警戒《けいかい》まるだしの険《けわ》しい目《め》つきになって、あたしから一歩《いっぽ》下《さ》がった。

「ど、どうしたの？」

「……〝ノドカ〟は、分裂体《ぶんれつたい》の被害者《ひがいしゃ》だ。**祖母《そぼ》が、彼《かれ》を治《なお》すために保護《ほご》してた**のに、悪事《あくじ》に利用《りよう》しようとするヤツらに**誘《ゆう》かいされて、今《いま》もさがしてる。**国《くに》の研究所《けんきゅうじょ》のしわざかもって聞《き》いてたけど、まさか、サバイバーのプロたちまでグルになって、そんなことをしてるのか……？」

あんまりな言葉《ことば》に、あたしは絶句《ぜっく》した。
それも、栗宮代表《くりみやだいひょう》がふきこんだ、ウソの説明《せつめい》？
必死《ひっし》にぶるぶる首《くび》を横《よこ》にふる。

「ちがう！　それは栗宮《くりみや》さん――、シオンくんのおばあちゃんって人《ひと》が、ウソをついてる！　涼《りょう》馬《ま》くんを誘《ゆう》かいしたのは、その〝**おばあちゃん**〟なんだよ！」

「ぼくの**たった一人《ひとり》の家族《かぞく》**なんだ。変《へん》なことを言《い》わないでほしい」

雪《ゆき》よりも氷《こおり》よりも冷《つめ》たい瞳《ひとみ》に、首《くび》すじがヒヤッとした。

やめてよ。涼馬《りょうま》くんの顔《かお》で、そんな、**敵《てき》を見《み》る目《め》で、あたしを見《み》ないで……！**

バラバラバラバラッ。

外《そと》から響《ひび》くプロペラ音《おん》に、顔《かお》を窓《まど》のほうへ向《む》けた。

ガラスがビリビリ震動《しんどう》してる。

雪《ゆき》を舞《ま》いあげて、ヘリコプターが下《お》りてきた。

基地《きち》のヘリじゃない。特命生還士《サバイバー》の不死鳥《フェニックス》のマークがない。

栗宮代表《くりみやだいひょう》の私兵《しへい》!?

「！」

同《おな》じように窓《まど》のほうを向《む》いたシオンくんが、すごい勢《いきお》いでふり向《む》いた。

彼《かれ》は後《うし》ろにまわったユウジさんの手首《てくび》をつかんでる。

そのユウジさんの手《て》には、**ペン型《がた》の小《ちい》さな注射器《ちゅうしゃき》**。

針《はり》まで出《で》てるのを見《み》て、シオンくんは怒《いか》りに瞳《ひとみ》を燃《も》やす。

「ぼくに、なにを打《う》とうとしたんだ」

「涼馬《りょうま》くん。ぼくらはキミを、安全《あんぜん》に連《つ》れて還《かえ》らなきゃいけないんだ。説明《せつめい》は後《あと》でする」

「こんなことをされて、いっしょに帰《かえ》る？　バカ言《い》うな」

シオンくんはユウジさんの手《て》を打《う》ちはらった。

「〝ノドカ〟のほかに、ぼくまで利用《りよう》するつもりだったんだな。だからぼくに接近《せっきん》して、誘《ゆう》かいしようとした。マメちゃんたちまでだまして、巻《ま》きこんで――っ！」

「ち、ちがうっ。ちがうよ涼馬《りょうま》くん！」

ヘリから降《お》りてきた私兵《しへい》たちが、救護室《きゅうごしつ》に乱入《らんにゅう》してきた。

ユウジさんはあたしを背中《せなか》にかばう。

涼馬《りょうま》くんはあたしたちを警戒《けいかい》したまま、じりじりとキョリを取《と》る。

そして自分《じぶん》の背中《せなか》を私兵《しへい》たちにあずけて、あたしをにらみつけた。


「ぼくは〝栗宮《くりみや》シオン〟だ」

あとがき

こんにちは、最近《さいきん》あとがきに出《で》てくるのがハラハラのあさばみゆきです！　「涼馬生死不明《りょうませいしふめい》！」からスタートしたこの9巻《かん》っ。ようやくみんなにお届《とど》けできて、ホーッとしてます。この五ケ月《かげつ》、待《ま》っててくれてありがとう〜！

さてさて、ここからはネタバレ満載《まんさい》でお送《おく》りします☆

作中《さくちゅう》のマメたちも三ケ月《かげつ》ほどすぎ、季節《きせつ》はちょうど冬《ふゆ》に。雪《ゆき》の山《やま》が舞台《ぶたい》になりましたがっ。

ねええ、みんな見《み》たー!?　見《み》ましたー!?　カバーイラストや挿絵《さしえ》の雪景色《ゆきげしき》の美《うつく》しさ……！

雪《ゆき》が舞《ま》う中《なか》のマメと涼馬《りょうま》のすがた、そしてあのラストの横長《よこなが》の挿絵《さしえ》の、エモみの極《きわ》みの光景《こうけい》！

葛西尚先生《かさいなおせんせい》、マメたちの生《い》き生《い》きとしたすがた、キンとする空気《くうき》や、肌《はだ》にふれる冷《つめ》たさまで感《かん》じる素晴《すば》らしいイラストを、ありがとうございました!!　冬《ふゆ》の陽《ひ》だまりのようにあったかく優《やさ》しいお導《みちび》きをくださった湯浅師匠《ゆあさししょう》、ありがとうございます！

ひさしぶりに再登場《さいとうじょう》の彩羽《あやは》、六年組《ねんぐみ》の千早希《ちさき》とナオトも、今回《こんかい》いっぱい登場《とうじょう》させられてうれしかったな～♡　そして冬《ふゆ》のコーディネートなマメのかわいさ、ちょっと髪《かみ》が伸《の》びたりょ……シオンのカッコよさ……！　いつもの塩鬼《しおおに》じゃゼッタイに見《み》られないようなすがたや表情《ひょうじょう》をたっくさん見《み》られて、サバは大変幸《たいへんしあわ》せにございます。

余談《よだん》ですが、涼馬《りょうま》の写真《しゃしん》は合同運動会《ごうどううんどうかい》のテーマパークで撮《と》っておいたからよかったものの、もしあの時撮《ときと》ってなかったら、今回《こんかい》マメたちが涼馬捜索《りょうまそうさく》の調査時《ちょうさじ》に見《み》せる写真《しゃしん》が、（秋合宿《あきがっしゅく》に向《む》かう前《まえ》に七海《ななみ》に撮《と》られたかもしれない）女子制服写真《じょしせいふくしゃしん》になっていたかもしれないよね……!?

ハッ、たまにあとがきのページに余裕《よゆう》があると、いらない事《こと》をしゃべってしまう……っ。

あ～、え～、もしよかったら、お気《き》に入《い》りのシーンやメンバー、こんなすがたを見《み》てみたいなどなどのみんなのご意見《いけん》を、お手紙《てがみ》やＨＰ《ホームページ》のコメントで教《おし》えてねっ。

ラスト、またもや大変《たいへん》なことになってしまった今巻《こんかん》ですが（「またかよ！」って声《こえ》が聞《き》こえてくるようだわー！）、だ、大丈夫《だいじょうぶ》！　ノドカの目《め》もさめたみたいだし、つ、次《つぎ》の巻《かん》こそ、どうにかなったりならなかったりなったりするかもしれないと思《おも》います!?

みんな、マメたちが涼馬《りょうま》を無事《ぶじ》にとりもどせるように、応援《おうえん》してあげてね～～っ！

いつもお手紙《てがみ》やHP《ホームページ》のコメント、そしてSNS《エスエヌエス》でご感想《かんそう》をくださるみんな、本当《ほんとう》にありがとう！　わたしもマメたちも、すっごく力《ちから》をもらってます。実《じつ》は今年《ことし》（二〇二四年《ねん》）、児童文庫《じどうぶんこ》デビュー十年《ねん》になるのですが、みんなからいっぱいお手紙《てがみ》や寄《よ》せ書《が》き、お祝《いわ》いの言葉《ことば》をいただいて、本当《ほんとう》にぐしゅぐしゅ泣《な》きながら拝読《はいどく》しました。ありがとうございます……！　こうして今《いま》も書《か》き続《つづ》けていられるのは、みんなの応援《おうえん》のおかげです。大好《だいす》き!!　わたしもずーっと、みんなの未来《みらい》を応援《おうえん》してるよ〜っ。

そしてこのデビュー十年《ねん》の節目《ふしめ》に、「いみちぇん！」シリーズの、新《しん》シリーズ「いみちぇん!!廻《かい》」がスタートしました。モモたちの妹分《いもうとぶん》・りんねが主役《しゅやく》の物語《ものがたり》は、すでに①がつばさBOOKSから発売中《はつばいちゅう》。②は二〇二五年春《ねんはる》の発売予定《はつばいよてい》ですっ。

さらに、市井《いちい》あさ先生《せんせい》によるコミカライズも、同年春《どうねんはる》にスタート予定《よてい》……！　えええスゴい!!楽《たの》しみすぎるよ〜っ！　「歴史《れきし》ゴーストバスターズ」（ポプラキミノベル）、「都道府県男子《とどうふけんだんし》！」（野《の》いちごジュニア文庫《ぶんこ》）などのシリーズもよろしくね♡

「サバイバー!!」も、次《つぎ》はいよいよ10巻《かん》！　なんと二ケタまで続《つづ》けられるなんて、う、うれしい！　ヤッター！　マメと涼馬《りょうま》とノドカがそろって笑《わら》える日《ひ》をめざして、全力疾走《ぜんりょくしっそう》で駆《か》けぬけますっ。続報《ぞくほう》は、つばさ文庫《ぶんこ》公式《こうしき》HP《ホームページ》やわたしのHP《ホームページ》(https://note.com/asabamiyuki)をチェックしてね☆

え? どうしたのマメ? 二ケタ達成《たっせい》(予定《よてい》)祝《いわ》いに、マフラーのプレゼント? わぁ、しかもわざわざ結《むす》んでくれるなんてありがとー! おや? そのシメ方《かた》はもやい結《むす》びでは。アーッ、待《ま》ってマメ、わたしを軒下《のきした》に吊《つ》るしていかないでぇっ。(というわけで、カラッ風《かぜ》に吹《ふ》かれてサバの干物《ひもの》になりつつ、次巻《じかん》を書《か》くねっ。みんなもいっしょに、注意《アテンション》・ゴー!)

〈保護者《ほごしゃ》の方《かた》へ〉

このお話《はなし》はフィクションです。
実際《じっさい》の団体《だんたい》、人物《じんぶつ》、出来事《できごと》とは関係《かんけい》がありません。
また、災害《さいがい》の状況《じょうきょう》によって適切《てきせつ》な対応《たいおう》は異《こと》なるため、
本書《ほんしょ》で紹介《しょうかい》する知識《ちしき》がすべてのケースに
当《あ》てはまるとは限《かぎ》りません。
本書《ほんしょ》を通《つう》じて、読者《どくしゃ》のみなさんが災害《さいがい》に対《たい》し
関心《かんしん》をもち、日々《ひび》の防災意識《ぼうさいいしき》を高《たか》めるための
一助《いちじょ》になればと願《ねが》っています。

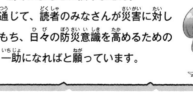

次回予告《じかいよこく》
ぼくは
〝栗宮《くりみや》シオン〟だ。
みんなで還《かえ》れる、はずだった。
だけど、記憶《きおく》を失《な》くした涼馬《りょうま》くんを説得《せっとく》しきれないまま、
あたしたちは決裂《けつれつ》した。
バディになりたい。となりにいてほしい。
お願《ねが》い、あたしを信《しん》じて――――!
そんな、敵《てき》を見《み》る目《め》で、
あたしを見《み》ないで…!

あさばみゆき先生《せんせい》へのお手紙《てがみ》は、角川《かどかわ》つばさ文庫編集部《ぶんこへんしゅうぶ》に送《おく》ってください！

〒102-8177　東京都千代田区富士見 2-13-3
株式会社KADOKAWA　角川つばさ文庫編集部　あさばみゆき先生係

角川つばさ文庫

あさばみゆき／作
3月27日うまれのB型。横浜市在住。2013年に第12回角川ビーンズ小説大賞奨励賞を受賞。14年、第2回角川つばさ文庫小説賞一般部門金賞を受賞。著作に「いみちぇん！」シリーズ、「星にねがいを！」シリーズ（ともに角川つばさ文庫）、『茶寮かみくらの偽花嫁』（角川文庫）他、あさば深雪名義で角川ビーンズ文庫にも著作あり。妖怪やおばけ、占いの話には興味しんしん。
公式ホームページはhttps://note.com/asabamiyuki

葛西 尚／絵
漫画家。著作に「ないしょの京子姉さん」シリーズ、「22/7+α」シリーズ（ともにサンデーうぇぶりSSC)、「一条さんは顔に出やすい」シリーズ（メテオCOMICS）がある。

角川《かどかわ》つばさ文庫《ぶんこ》

サバイバー!!⑨
挑《いど》め！　限界《げんかい》雪山《ゆきやま》ミッション

作《さく》　あさばみゆき
絵《え》　葛西《かさい》 尚《なお》

2024年12月11日　初版発行
2025年1月25日　再版発行

発行者　山下直久
発　行　株式会社KADOKAWA
〒102-8177　東京都千代田区富士見 2-13-3
電話　0570-002-301（ナビダイヤル）
印　刷　株式会社KADOKAWA
製　本　株式会社KADOKAWA
装　丁　ムシカゴグラフィクス

ISBN978-4-04-632332-3　C8293　N.D.C.913　254p　18cm

読者のみなさまからのお便りをお待ちしています。下のあて先まで送ってね。
いただいたお便りは、編集部から著者へおわたしいたします。

〒102-8177　東京都千代田区富士見 2-13-3　角川つばさ文庫編集部

放《ほう》課《か》後《ご》チェンジ
藤並《となみ》みなと・作
こよせ・絵
世《せ》界《かい》を救《すく》う？　最《さい》強《きょう》チーム結《けっ》成《せい》！
ドキッとしたら動《どう》物《ぶつ》に変身《チェンジ》！？
4人《にん》の特《とく》別《べつ》な力《ちから》を合《あ》わせて
大《だい》事《じ》件《けん》を解《かい》決《けつ》!!
まなみ　中《ちゅう》1
元気《げんき》でおもしろい！
でも、単純《たんじゅん》!?
尊《たける》　中《ちゅう》1
スポーツ万能《ばんのう》！
ただし、口《くち》が悪《わる》い!?
行成《ゆきなり》　中《ちゅう》1
クールな秀才《しゅうさい》！
親《おや》は茶道《さどう》の家元《いえもと》!?
若葉《わかば》　中《ちゅう》1
優等生《ゆうとうせい》！　さらに、
超《ちょう》ゲーマー!?
好《こう》評《ひょう》発《はつ》売《ばい》中《ちゅう》
角川つばさ文庫